JORGE
COMENSAL

Roman

VERWAND-
LUNGEN

Aus dem Spanischen von
Friederike von Criegern

Rowohlt

Die Originalausgabe erschien 2016 unter dem Titel
«Las mutaciones» bei Ediciones Antílope in Mexiko-Stadt.

1. Auflage September 2019

Satz aus der Fairfield LH
Gesamtherstellung CPI books GmbH, Leck, Germany
ISBN 978 3 498 02541 0

ERSTER TEIL

Und dich quält das Gefühl
Ein Druckfehler habe sich ins Kreuzworträtsel
geschlichen
Und mache es unlösbar.

Rosario Castellanos

1

Ramón stand vor dem Spiegel und riss den Mund auf wie ein wütender Pavian, wütend auf sich selbst. Er versuchte, sich in den Hals zu schauen, aber das schwache Licht auf der Toilette seines Lieblingslokals «La Montejo» reichte nicht aus, um die Stelle auszuleuchten, wo ein stechender, gleißender Schmerz saß, eine Gallenkolik war nichts dagegen. Er schloss den Mund und wusste, dass er mit diesem Schmerz unmöglich das Schweinefleisch-Sandwich essen konnte, das er sich bestellt hatte. Voller Groll richtete er sich die Krawatte, wandte seinem Spiegelbild den Rücken zu und verließ die Toilette. Am Tisch erwartete ihn sein Mandant, mit dem er das glückliche Ende eines Verfahrens am Verwaltungsgericht feiern wollte. Ramón rief den Kellner und bat ihn, ihm das Sandwich einzupacken und stattdessen eine Limettensuppe zu bringen. Zu sprechen verursachte ihm lästige Krämpfe in der Zunge. Er würde geizig mit den Worten und nachsichtig mit der traurigen Brühe sein müssen, die sie ihm servierten.

Bevor sie mit dem Essen anfingen, erhob sein Mandant das Tequila-Glas, um auf den Sieg vor Gericht anzustoßen. Ramón tat es ihm gleich, indem er «Wohlsein!» sagte, ohne zu ahnen, dass er am nächsten Morgen mit einer gelähmten Zunge erwachen würde, nicht mehr in der Lage, die Konsonanten zu artikulieren, die nötig waren, um dieses glückliche Wort noch einmal auszusprechen.

Carmela, seit zwanzig Jahren seine Ehefrau, war beunruhigt, als sie ihn «Meih Munh ih hiel himma» sagen hörte, und anstatt ihm einen Löffel Hustensaft zu verabreichen, wie sie es am Tag zuvor getan hatte, vereinbarte sie sofort einen Notfalltermin mit dem Hausarzt, zu dem sie sonst immer die halbwüchsigen Kinder Mateo und Paulina brachte, wenn sie eine schwere Grippe hatten oder eine Entschuldigung für die Schule brauchten.

«Nach dem, was Ihre Frau mir erzählt hat», sagte der Arzt, «könnten wir es hier mit einer kleinen Entzündung der Schilddrüse zu tun haben. Sie hatten kein Kribbeln in den Händen oder Füßen?»

Ramón schüttelte den Kopf.

«Okay. Dann schauen wir uns das mal an.» Der Arzt holte eine Stirnlampe hervor und befestigte sie mit ein paar elastischen Riemen. «Jetzt machen wir den Mund schön weit auf.» Der Arzt, an den Umgang mit erkälteten Kindern gewöhnt, redete mit einer Heiterkeit, die Ramón demütigend fand. «Genau so. Fein gemacht.»

Da war also der Pavian wieder, und in seinen offenen Rachen drang der Arzt mit einem Zungenspatel ein, der sich beim Kontakt mit dem gelähmten Organ in einen Elektroschocker zu verwandeln schien. Ramón hatte das Gefühl, seine Zunge würde mit Eispickeln erforscht. Er musste an die Verhörmethoden der Polizei denken, und er wusste jetzt, dass er unter solchen Umständen alles gestehen würde, um bloß die Folter zu beenden, sei es die Wahrheit – er begehrte schon immer seine Schwägerin Angélica – oder eine Lüge – er hatte Luis Donaldo Colosio umgebracht. Doch der Arzt suchte nach einem Geheimnis, das Ramón nicht gestehen konnte.

«Wir haben hier eine etwas merkwürdige Entzündung», schloss er, nachdem er den Zungenspatel herausgezogen hatte. «Wir werden einen Ultraschall machen, um genauer zu sehen, worum es sich handelt.»

Er ergänzte, dass es die Symptome einer Sialolithiasis sein könnten, einer Infektion, die durch einen Stein verursacht wird, der einen Speichelgang verstopft. Mit dem Versuch, diese Diagnose zu bestätigen, verloren sie drei Wochen. In dieser Zeit wuchs der vermeintliche Speichelstein, und die Entzündung der Zunge schritt in einer ungeheuerlichen Geschwindigkeit voran. Als der Hausarzt dies erkannte, überwies er seinen Patienten an Doktor Joaquín Aldama, «einen sehr erfahrenen Onkologen».

Die Vorstellung, einen Onkologen konsultieren zu müssen, quälte Ramón und Carmela mehr, als sie sich eingestehen mochten. Sie ertrugen ihre Anspannung schweigend. Zwar versuchten sie, dem Termin am 4. Dezember so wenig Bedeutung wie möglich beizumessen, entschieden sich aber, ihn vor den Kindern geheim zu halten, denn die befanden sich gerade in der Prüfungsphase. Mateo war im letzten Jahr der Oberstufe, Paulina im ersten. Er bemühte sich im Rahmen der Möglichkeiten seiner ihm angeborenen Trägheit, in Mathematik, Chemie, Physik und Geschichte zu bestehen, in den vier Fächern, in denen er üblicherweise in die Wiederholungsprüfungen musste; sie hingegen strebte Spitzenleistungen an, um ihren letzten Rivalen zu besiegen, den kleinen und arroganten Jesús Galindo. Beide waren darauf bedacht, ihre schulischen Ziele zu erreichen, ohne dabei Masturbation und Karaoke zu vernachlässigen, ihre jeweiligen Freizeitbeschäftigungen. Vom Kummer ihrer Eltern bemerkten sie nichts.

Bei Martínez & Partner, Ramóns Kanzlei, stapelten sich indessen die unerledigten Aufgaben. Es gab Fälle, die nur der Anwalt selbst erledigen konnte, vor allem solche, die nach einer alkoholhaltigen Lösung verlangten. Mario Enrique López, Inhaber des Maklerbüros Sagitario, traf niemals Entscheidungen, bevor er nicht wenigstens eine halbe Flasche Rum getrunken hatte. Die ganze Öffentlichkeitsarbeit der Kanzlei hing am Charisma und an der Eloquenz des Rechtsanwalts Martínez, doch die Atrophie seiner Zunge sabotierte diese Fähigkeiten. Wenn er seine eigene Stimme hörte, kam es Ramón vor, als hätte ein taubstummer Dieb ihm seinen Körper gestohlen, und wenn er sich im Spiegel sah, schaute er in ein Gesicht, das viel dicker war als üblich, mürrisch und verbittert, und den Mund vollgestopft mit Kuchen.

Da er nicht mehr laut werden konnte, reagierte Ramón sich am Steuer ab; sein Auto musste nun für ihn schreien. Er schlug auf die Hupe ein, um an den Ampeln unaufmerksame Fahrer anzutreiben, rheumatische Fußgänger aufzuscheuchen oder einfach nur, um in der Hauptverkehrszeit seine Anspannung herauszubrüllen. Der kleinlaute, näselnde Klang der Hupe erinnerte ihn unerbittlich daran, dass er nicht an Bord eines mächtigen deutschen Fahrzeugs saß, wie er es sich immer gewünscht hatte, sondern in einer japanischen Kopie mit vier Zylindern und Kunstledersitzen.

Die schlimmste Phase der Wartezeit endete am Freitag, den 15. Dezember, nachdem er sich einer schmerzhaften Biopsie unterzogen hatte, bei der ihm mit einer großen Zange ein paar Millimeter der Zunge entfernt wurden. Im Keller des Krankenhauses hatte ein Team von Pathologen die Zellen mit

Hilfe diverser Antigene und Färbungen untersucht, um unter dem Licht des Mikroskops ihre wahre Natur zum Vorschein zu bringen. Der Bericht war schon an die onkologische Praxis geschickt geworden und wartete dort in einem verschlossenen Umschlag darauf, dass der Arzt in Anwesenheit des Patienten die Ergebnisse interpretierte. Bis dahin waren es noch einige Stunden.

Sie kamen früh zum Termin. Im Wartezimmer nahmen sie neben dem riesigen Aquarium Platz, das den Raum schmückte. Carmela begann, in einer Zeitschrift zu blättern. Ramón heftete den Blick auf das Aquarium und dachte über die negativen Folgen seiner Abwesenheit bei der Arbeit nach. Er würde wohl seinen Mandanten Geschenkkörbe zu Weihnachten schicken müssen, um ihnen für ihre Geduld und ihre Treue zur Kanzlei zu danken. Sein guter Umgang mit den Mandanten zeichnete Ramón aus, er eroberte sie mit einer ausgewogenen Mischung aus Schmeichelei und Respektlosigkeit. Er war weder heuchlerisch noch korrupt oder auf seinen Vorteil bedacht; stets handelte er in gewissenhaftem Einklang mit den Gesetzen, die eingehalten werden konnten – denn die lokalen Gesetzbücher und die des Bundes waren so voller strittiger Lücken und Widersprüchlichkeiten, nicht einmal der heiligste aller Juristen hätte ihnen ausweichen können. Und dank seines einwandfreien Werdegangs würde diese gesundheitliche Pechsträhne seiner beruflichen Reputation nicht schaden, dessen war sich Ramón sicher.

Das Aquarium lenkte ihn von seinen Sorgen ab. Ein Dutzend bunter Fische schwamm in Kreisen über den Felsen und Korallen. Es war ein hypnotischer Tanz. Wie war es möglich, dass es in den Meeren eine solche dekorative Vielfalt gab? Die Biologen schrieben sie der natürlichen Selektion zu, jener langsamen und zufälligen Kraft, die nach und nach die Gestalt aller Tiere umformte und in der Lage war, monströse Dinosaurier in wehrlose Hühner zu verwandeln. Jedes Brathähnchen war eine traurige Erinnerung an die Wendungen des Lebens.

Carmela unterbrach seine Gedanken mit einem freundschaftlichen Rempler.

«Sieh mal», sagte sie und zeigte ihm in der aufgeschlagenen Zeitschrift das Bild eines jungen Paares, das vor einer Burg posierte. «Erinnerst du dich?»

Ramón nickte. Er erinnerte sich an ihre Hochzeitsreise durch Frankreich. Carmela blätterte um. Auf der nächsten Seite erschienen dieselben Leute vom vorigen Foto, aber nun waren sie halbnackt und sonnten sich an Deck einer Yacht. Die Bildunterschrift besagte, dass es sich hier um zwei spanische Adlige in ihren Flitterwochen handelte. Der Adel war für Ramón ein widerwärtiger Atavismus.

Ramón und Carmela hatten sich zwanzig Jahre zuvor an einem Tisch voller Sandwichs kennengelernt. Er hatte sie seit Beginn der Geburtstagsfeier von Luis, seinem Freund von der Juristischen Fakultät, nicht aus den Augen gelassen. Mit einem Cuba Libre in der Hand lauerte er auf den richtigen Moment zum Entern. Als er sah, wie sie sich von ihren Freunden löste und in Richtung des Tisches ging, griff Ramón an.

«Hast du schon die *Sopes de chorizo* probiert?», fragte er in freundschaftlichem Ton, überzeugt, dass man das Eis am besten über den Appetit brechen konnte.

Es gab genau zwei Möglichkeiten: Entweder sie hatte die kleinen Tortillas mit Wurst schon probiert, oder sie hatte es noch nicht getan; Vegetarismus war zu jener Zeit noch so selten, dass man ihn nicht berücksichtigen musste. Die beiden Optionen gabelten sich in vier mögliche Antworten: Wenn sie antwortete, dass sie die *Sopes* schon probiert hatte und sie lecker waren, konnte die Verführung aggressiv fortgesetzt werden; wenn sie antwortete, dass sie schon probiert hatte, ohne das weiter zu kommentieren, müsste Ramón behutsam vorgehen; wenn sie die *Sopes* noch nicht probiert hätte und es auch nicht vorhatte, würde er die Mission abbrechen müssen; aber wenn sie sie noch nicht probiert hätte und sich dann eine der Tortillas nehmen würde, dann stünde er kurz vor dem Triumph. Ramón meinte, alle möglichen Welten unter Kontrolle zu haben, doch er hatte nicht vorhergesehen, dass sie auf eine analytische Art antworten würde:

«Ja. Die Chorizo ist gut, aber die Tortillas nicht.»

«Echt nicht?», sagte Ramón erstaunt.

«Wie Kaugummi», erklärte sie.

«Also wirklich», sagte er, am Stolz gepackt, «ich werde noch eine essen und genau darauf achten.»

«Achte darauf», sagte sie, drehte sich um und verschwand im Getümmel der Party.

Ramón blieb allein mit seinem Plastikteller voller mexikanischer Vorspeisen zurück. Er begab sich an einen strategisch günstig gelegenen Punkt, von dem aus er Carmela sehen konnte, die sich zu ein paar Freundinnen gesetzt hatte. Ohne den Blick von ihr abzuwenden, steckte sich Ramón eine kleine Tortilla in den Mund und kaute aufmerksam. Er stellte seinen Teller auf einer Kommode ab und ging zu Carmela.

«Entschuldige», unterbrach er sie, «ich wollte dir nur sagen, dass du vollkommen recht hast. Das Problem ist, dass sie kalt geworden sind und jetzt anders schmecken. Ich habe sie nämlich mitgebracht.»

«Oh, entschuldige bitte, das wusste ich nicht», antwortete sie, überrascht von diesem jungen Mann, der nicht einfach mit einer Flasche Wodka und Eis zur Party gekommen war, sondern sich die Mühe gemacht hatte, eine große Schale *Sopes* mitzubringen.

«Nein, im Gegenteil, wie gut, dass du es mir gesagt hast. Du kannst dir nicht vorstellen, wie gut sie schmecken, wenn sie frisch sind. Das habe ich Luis gesagt, der übrigens mein allerbester Freund ist, mach dir keine Sorgen, habe ich gesagt, ich bring die besten *Sopes* mit, die du in der ganzen Stadt auftreiben kannst.»

«So gut?»

«Das lass ich dir notariell beglaubigen», sagte er, «aber ganz frisch müssen sie sein.»

Sie war auch Rechtsanwältin und ihr Chef war ein düsterer Notar, und so brach sie angesichts des tiefen Ernstes, mit dem Ramón seine *Sopes* verteidigte, in lautes Gelächter aus. Das herzhafte Lachen Carmelas machte seine Strategien zunichte. Er war in den Bann gezogen von dem doppelten Wellenschlag dieser Lippen, dem glänzenden Zaun ihrer Zähne, dem Schatten um die ägyptischen Augen; er spürte, wie seine Fassung in der Glut dahinschmolz, er verstummte und verbarg seinen Blick zwischen den Schnörkeln des Teppichs. Und jetzt, was soll ich jetzt sagen? Doch sie: «Wo hast du sie gekauft?»

«Das ist ein Geheimnis», antwortete er mit jäher Klarheit.

«Ach ja?»

«Ich weiß ja noch nicht einmal, wie du heißt.»

«Carmela, und du?»

Von diesem Moment an hatte Ramón keinen Stolperer mehr. Er war fesselnd und einfallsreich. Er verband komische Anekdoten mit schmeichelnden Fragen. Es gelang ihm, den für ihn typischen Wortschwall im Zaum zu halten. Carmela erzählte ihm von ihren Plänen als künftige Anwältin für Zivilrecht. Sie war phantastisch. Er war so hingerissen, dass er sich nicht traute, zum Buffet zurückzukehren, um sie bloß nicht zu verlieren. Obwohl er nüchtern und hungrig blieb, verließ er das Fest in Hochstimmung.

Am folgenden Montag bekam Carmela im Notariat einen Strauß Rosen mit einem Kärtchen, auf dem in eleganten Lettern *Lic. Ramón Martínez/Anwalt* eingeprägt war, und darunter, handschriftlich, ein Plagiat von Armando Manzanero: *Cuando miro que las rosas son más rojas y más bellas, es que estoy pensando en ti – Schaue ich die Rosen an und sie sind röter und schöner, dann weil ich an dich denke.* Sie erkannte das Zitat nicht. Es störte sie aber auch nicht, obwohl sie ihre Herzensbildung eher Popbands wie *Mecano* und *Presuntos Implicados* verdankte, quasi den Gegenentwürfen zum Bolerosänger aus Yucatán. Als Ramón sie am nächsten Tag anrief, um zu fragen, ob sie die Rosen erhalten hatte, errötete Carmelas Stimme beim Bedanken. Es folgte eine Einladung zum Essen am Freitagabend. Sie nahm an.

Ramón kam pünktlich, um sie zu Hause abzuholen. Carmelas Mutter Antonia öffnete die Tür, und ihr stand kein junger, eleganter Herr gegenüber, sondern ein Mestize. Die Dame gehörte zur prätentiösesten Untergruppe der Mittelschicht, und da Ramóns dunkle Haut ihren rassistischen Ambitionen widersprach, bat sie ihn nicht herein. «Einen Augenblick», sagte seine zukünftige Schwiegermutter und zog die Tür vor ihm zu. Er stand auf dem Bürgersteig und wartete darauf, dass Carmela aus dem Haus ihrer Eltern käme, als ein altes Paar mit missmutiger Langsamkeit das Wartezimmer des Arztes betrat.

Die Alten grüßten die Sekretärin von Doktor Aldama mit großer Vertrautheit und nahmen gegenüber von Carmela und Ramón Platz. Daraus, wie langsam und vorsichtig sich der Herr hinsetzte, schloss Ramón, dass er an Prostatakrebs litt. Der arme Kerl, dachte er voller Mitgefühl, er muss sich zum Pinkeln sicher hinsetzen. Ich sollte mal zum Urologen gehen, meine Prostata wächst bestimmt auch. Das ist normal. Aber dass sie einem da den Finger reinstecken … Ich hoffe nur, dass mir das nicht gefällt.

Wie weit war er in diesem Moment, als er zusammen mit Carmela auf den Onkologen wartete, von jenem Ramón entfernt, der in Verzückung geriet, wenn er sie in ihrem Schneiderkostüm aus dem Notariat kommen sah. Nach zwei Monaten sittsamer Treffen war sie es, die «lass uns woanders hingehen» sagte. Ramón brachte sie in ein Motel in der Colonia Roma. Beiläufig entkleideten sie sich zwischen den sauberen Decken einer dunklen Suite, und während er sie mit all dem Verlangen seiner achtundzwanzig Jahre küsste, hörte er die spitze Stimme der Sekretärin, die zwanzig Jahre später seinen Namen rief, verkündend, dass in der Sprechstunde Doktor Aldamas nun endlich er an der Reihe war.

2

Teresa de la Vega, Psychoanalytikerin, empfing die Patienten in einer Praxis, die direkt an das alte Haus angebaut war, das ihre Eltern ihr vererbt hatten. Mit vierundvierzig Jahren war ihr das Brustgewebe entfernt worden, vierzehn Lymphknoten und die Brustwarzen samt Vorhöfen. Ihr eindringlicher und tiefer Blick war der einer Frau, die mit Schönheit und Intelligenz gesegnet war, nicht aber mit Glück. Ihre einzige, vor fünfzehn Jahren geschlossene Ehe war wegen des paranoiden Charakters ihres Ehemannes, eines arzneimittelabhängigen Psychiaters, und wegen einer voreiligen Affäre Teresas mit einem begabteren und attraktiveren Psychiater bereits nach achtzehn Monaten zu Ende gewesen. Sie hatten keine Kinder.

Nach ihrer Scheidung traf Teresa ihren Geliebten weiterhin heimlich, denn auch er war verheiratet. Bei einer solchen Gelegenheit, er knetete ihr gerade hingebungsvoll die Brüste, bemerkte sie, dass eine seiner Hände zurückzuckte, erschrocken, als hätte er ein Insekt angefasst. Ihr Geliebter bedrängte sie weiter, ohne diese Brustspitze noch einmal zu liebkosen. Sie täuschte einen Orgasmus vor, um es schneller zu beenden. Im Bad stellte sie sich vor den Spiegel und tastete sich ab. Als sie eine kleine, feste Wölbung fühlte, wusste sie, dass die Geschichte sich wiederholte, denn schon ihre

Mutter und ihre Schwester hatten an Brustkrebs gelitten. Ihre Furcht vor dem Krebs war so groß, dass sie stets jeglichen intimen Kontakt mit ihren Brüsten vermieden hatte, anstatt der Krankheit mit regelmäßigen Untersuchungen und Mammographien aufzulauern. Sie hatte sich nicht vorstellen können, dass es ein Mann mit den Händen eines vietnamesischen Bäckers sein würde, der sie unfreiwillig mit diesem Unglück konfrontieren würde, das viel weiter zurückreichte als nur bis zu den Erinnerungen an ihre Mutter im Krankenhaus; viel weiter zurück, bis hin zu den hebräischen Stämmen Israels.

Dreitausend Jahre vor Teresa lebte an den Ufern des Jordan jener Urahn, in welchem sich die ursprüngliche Mutation ereignete, ein Hirte oder eine Weberin, ein Krieger oder eine Nutte. Es geschah wohl noch zu biblischen Zeiten, während der Königsherrschaft von Amazja oder Jerobeam.

Vielleicht.

Es passierte eines Morgens, in einem Moment wie jedem anderen, auf dem Weg zum oder zurück vom Wasserloch, beim Beten, beim Kochen oder Weben, dass eine der Keimzellen begann, sich punktuell zu teilen. Den ganzen Tag kopierte sie ihre Anweisungen, ihre Gesetzbücher, ihre Gen-Thora, und irgendwo schlich sich ein Druckfehler ein, so verheerend, als hätte der Kopist des 2. Buches Mose in Kapitel 20, Vers 13 das entscheidende Wörtchen «nicht» vergessen, und das heilige Gebot besagte somit: «Du sollst töten.»

Die Wahrscheinlichkeit, dass dieser Fehler weitergegeben würde, war minimal, denn eukaryotische Zellen verfügen über Kniffe, mit denen sie ihre Gene reparieren, und wenn sie irreparabel kaputt sind, so sind sie in der Lage, sich durch Apoptose selbst umzubringen, in einem programmierten und altruistischen Suizid. Doch jener biblische Druckfehler unterlief just in einer Passage, die eigentlich verhindern sollte, dass sich fehlerhafte Zellen vermehrten und im Herzen des Staatskörpers anarchistische Kommunen gründeten. Dem involvierten Gen gelang es 1990, sich in die Wissenschaftssprache zu transkribieren, und es nannte sich, ohne jedes Taktgefühl oder Originalität, *Breast Cancer 1*. Bei der ersten Mutation wurden zwei einfache Buchstaben vergessen, Guanin und Adenin, die sich normalerweise ziemlich am Anfang des überladenen Gens befinden. Der falsche Text wurde beibehalten, und da sein Träger eine große und weitverbreitete Nachkommenschaft hatte, gelangte er bis in den Körper einer jungen Psychoanalytikerin in Mexiko.

Als Nebukadnezar der Große das Königreich Juda eroberte, gab es bereits jede Menge Nachfahren des Mutanten, und viele von ihnen wurden gefangen genommen und ins babylonische Exil gebracht. So begann die Diaspora des irrtümlichen Gens, Iran, Ägypten, Spanien, Holland und Bulgarien, und sucht man unter den Sepharden der Ägäis oder den Aschkenasim in New York, so wird man den Druckfehler in wenigstens einem von hundert Passanten finden, die den Sabbat achten.

Doch Teresa de la Vega war keine Jüdin. Ihre Eltern waren Katholiken durch und durch, Anhänger der Jungfrau von Guadalupe, Nationalisten und tendenziell sogar Antisemiten. Nie hätte sie gedacht, dass sich in ihrem Stammbaum die ersten Juden Kastiliens fanden, Immigranten aus römischer Zeit, unauffällige Einwohner der Städte, denen Fehden fremd waren, Vasallen der Goten und Kalifen gleichermaßen. Von den anderen hielten sie sich fern und arbeiteten. Sie lernten lesen und schreiben. Sie heirateten untereinander. Sie vererbten Reichtum, Bräuche und Mutationen. Der Neid reifte heran und das 15. Jahrhundert sah ihn Frucht bringen. Man befand sie für schuldig am Tod Jesu und auch am Wohlstand, schuldig, die Kinder von Toledo zu essen, die Jungfrauen von Sevilla zu verhexen, Kruzifixe zu verbrennen, große Nasen zu haben, Sodomiten zu sein, keinen Schinken zu essen und sich für Wuchergeschäfte mit dem gefallenen Luzifer zu verbünden.

Im Jahr 5252 des hebräischen Kalenders entschieden die Könige von Kastilien und Aragón, die Ungläubigen zu vertreiben. Sie gaben ihnen vier Monate, um zu gehen oder dem Judentum abzuschwören. Unter den armseligen Konvertiten befand sich möglicherweise eine langlebige Frau, Lorenza, Nachbarin von Soria, Mutter von elf Kindern, Witwe von Manuel. Kurz vor ihrem siebzigsten Geburtstag spürte sie erstmals brennende Schmerzen in der hängenden Spitze einer ihrer Brüste. Wochen vergingen. Das Feuer breitete sich bis zu ihren Achseln aus. Lorenza suchte Herminia Tavares auf, Neuchristin und Kräuterhexe, um von ihr ein Heilmittel gegen die Schmerzen und die Schwellung zu bekommen. Zum Preis von drei Maravedis pro Dosis bereitete ihr Herminia einen Zaubertrank gegen die schlechten Säfte zu.

Als sie begann, den Krebs mit dieser Salbe aus Knoblauch und Belladonna zu behandeln, hatte Lorenza bereits Metastasen im Gehirn. Sie litt unter Krämpfen, die von Halluzinationen begleitet wurden. Im Stroh ihres Bettes suchte sie nach einem Messer, um sich die Kehle zu durchschneiden. Dann erschien der Engel des Herrn, um sie wegen des Verrats an ihrem Volk zu geißeln. Laut schreiend schwor sie dem falschen Messias ab, «Gott, sei mir gnädig und tilge meine Sünden».

Die Nachbarn wandten sich an die Heilige Inquisition. Vom Dämon besessene Schlampe, alte Sünderin, der Herr unser Gott hat sie mit üblen Geschwüren bestraft. Ihre Kinder brachten sie in einen Gemüsegarten außerhalb der Stadt. Sie knebelten sie. Herminia bereitete einen Trunk aus Schlafmohn zu, der sie beruhigen sollte. Zu Beginn des Winters starb sie.

Sie begruben sie unter einer Linde und sprachen flüsternd das Kaddisch.

Lorenzas Familie blieb vom Verdacht gezeichnet. Die Leute spuckten aus, wenn sie an ihr vorübergingen. Antonio, ihr Jüngster, ging als Erster. Im Februar kam er in Cádiz an. Noch nie war er an der Küste gewesen. Das Meer schien ihm ein verbranntes Kornfeld zu sein.

Anfang März schiffte er sich auf einer der ärmsten Galeonen der Indien-Flotte ein. Sie fuhr Richtung Neu-Spanien, wo Gold und Silber, so sagten sie in den Wirtshäusern, hervorquollen wie Rüben aus trockener Erde. Er verbrachte vierzig Tage auf hoher See, mit etwas Fieber und viel Hunger. Er vertrieb sich die Zeit mit Kartenspiel und indem er die größten Galeonen der Flotte betrachtete, die furchtlos die Vorhut bildeten, die Segel im Westwind gebläht und mit aufgewühlter Gischt im Gefolge. Und so segelte auch seine Phantasie, eine mit Ehrgeiz beladene Galeone, dem Vergessen seines Blutes entgegen. Doch an Bord des Schiffes reiste sein Samen mit, Saft der Erinnerung und der Mutation.

In Villa Rica ging Antonio von Bord der Vera Cruz. Im Inneren eines Karrens, der in die Hauptstadt fuhr, floh er vor dem krankmachenden Klima der Küste. Nach drei arbeitsreichen Jahren ging er eine wilde Ehe mit einer Mestizin ein, Bankert eines Asturianers und einer Mexikanerin. Die halbe

Welt verlor sich in diesem Zusammentreffen von Genen aus Judäa, Asturien und Texcoco. Dreizehn Generationen später erinnerte sich Teresas Körper daran.

Sie hielt sich nicht mit der oberflächlichen Kontrolle beim Gynäkologen auf, sondern suchte die Nummer des Onkologen heraus, der ihre Mutter behandelt hatte, und rief an, um einen Termin zu vereinbaren. Die Mammographie war eindeutig: Drei Adenokarzinome in den Milchgängen, denen keine Stillzeit vergönnt gewesen war.

Nach einer Operation und zehn Bestrahlungen nahm Teresa ihre Sprechstunden wieder auf. Während der Behandlung hatte sie verschiedene Frauen kennengelernt, die darum kämpften, der Krankheit seelisch nicht zu erliegen. Sie bot ihnen kostenlose psychologische Unterstützung an, und so begann sie, sich auf Psychotherapie für krebskranke Frauen zu spezialisieren. Von Krankenhaus zu Krankenhaus verbreitete sich die Nachricht, dass Teresa Frauen half, die um den krebsbedingten Verlust von Weiblichkeit trauerten. Nach und nach kamen auch einige Männer zu ihr. Der erste, ein Überlebender eines Speiseröhrenkrebses, brauchte Hilfe, um mit dem Rauchen aufzuhören. Der zweite hatte versucht, sich umzubringen, als bei ihm Krebs im Penis diagnostiziert worden war. Der dritte hatte seinen Zwillingsbruder an ein Osteosarkom verloren. So erweiterte sich ihr Spektrum an Patienten, bis zu so unterschiedlichen Fällen wie kindliche Leukämie oder durch die Serie *Dr. House* verursachte Hypochondrie. In dem Versuch, die Größe ihres unermesslichen Unglücks anzunehmen, fragten die meisten ihrer Patienten «Warum ich?», doch Teresa, die diese narzisstische Frage schon vor vielen Jahren in den Müll geworfen hatte, versuchte, sie in eine andere Richtung zu leiten, bis hinab in den tiefsten Keller der unerfüllten Wünsche, die die Furcht zu sterben nähren.

3

Carmela fragte sich, wie sie es den Kindern sagen sollten, auch wenn Mateo schon achtzehn und Paulina fünfzehn Jahre alt war. Zu Beginn des Jahrtausends war die Adoleszenz eine geistlose Verlängerung der Kindheit. Die Verzogenen waren Legion, und Mateo und Paulina zählten dazu, und doch hatte jeder auf seine Art bereits die Unschuld gegen Beklemmungen getauscht und die Sanftheit gegen Akne.

«Was Papa hat, ist etwas komplizierter, als wir dachten … Er hat einen Tumor in der Zunge, und die einzige Möglichkeit, ihn wegzubekommen, ist leider eine Operation, die …»

Es entstand eine unangenehme Pause.

«Was?», fragte Paulina.

«Sie müssen ihm die ganze Zunge entfernen», fuhr Carmela unter Tränen fort. «Wir waren schon bei drei Ärzten, und alle meinen, dass es keine andere Möglichkeit gibt. Der Tumor sitzt an einer Stelle, an der er sehr stört, und man kann nicht riskieren, dass etwas zurückbleibt. Sie könnten ihn zwar mit Bestrahlungen verkleinern … aber dafür bleibt keine Zeit, versteht ihr?»

Ramón starrte abwesend auf den Teppich. Er nickte.

«Ohne Scheiß?», sagte Mateo. «Rafa haben sie die Gallenblase durch zwei winzige Löcher rausgeholt, überhaupt kein Ding. Was heißt das, sie können nicht?»

«Genau das haben wir die Ärzte auch gefragt. Aber nein …»

«Und wie wirst du dann reden?», fragte Paulina ihren Vater.

Ramón sah sie mit der Müdigkeit dessen an, der sich diese Frage pausenlos stellte.

«Es gibt Sprachtherapien, die helfen können», sagte Carmela.

«Wie?», sagte Paulina.

Carmela hatte keine Antwort. Mateo fragte: «Können sie ihm nicht was Cooles einsetzen, aus einem Spezialkunststoff oder so?»

Seine Art zu sprechen machte Ramón wütend, so laut und stumpf wie diese Schrottmusik, die er die ganze Zeit hörte. «Du wirst noch taub», hatte er seinen Sohn oft gewarnt, und hatte nicht geahnt, dass er selbst die Stimme verlieren würde, lange bevor seine Warnung wahr würde. Ramón versuchte, nicht daran zu denken, denn wenn er sich diese traurigen Szenen ausmalte, bereute er sofort, dem chirurgischen Eingriff zugestimmt zu haben. Es sah wie eine einfache Entscheidung aus, Leben oder nicht, aber unter diesen Umständen war sie nicht so einfach, nicht als selbständiger Anwalt, ohne Krankenversicherung oder Rente, mit keinerlei Produktivkräften außer seiner Zungenfertigkeit und seiner Handhabung der Gesetze vor Gericht. Um seine Unruhe zu übertönen, schaltete er abends den Fernseher an und stellte ihn auf volle Lautstärke. Sein Sohn hätte ihn völlig zu Recht rügen können, «du wirst noch taub», und Ramón hätte ihn ignoriert wie ein Jugendlicher, der sich für ewig jung und unsterblich hält.

Carmela zögerte nicht, ihrer Haushalthilfe Elodia zu erzählen, dass Ramón Zungenkrebs hatte und bald ins Krankenhaus gehen müsse, um sich einer heiklen Operation zu unterziehen. Und Elodia war sofort klar, dass es sich um eine Prüfung handelte, die Gott dem Anwalt geschickt hatte, um ihn zum Glauben zu bringen.

Als Ramón zum Frühstück herunterkam, ging Elodia zu ihm und segnete ihn mit großer Feierlichkeit, indem sie vor seinem Gesicht langsam ein Kreuz in die Luft zeichnete.

Er war ein verstockter Atheist, doch eine langjährige Komplizenschaft verband sie, und so ertrug er Elodias Frömmeleien. Wenn Carmela eine Ordnungswidrigkeit entdeckte, die einer von den beiden begangen hatte, ein schlecht aufgehängtes Handtuch, ein Fleck auf dem Tisch oder ein zerknittertes Tischtuch, dann nahm jeder von ihnen die Schuld des anderen auf sich und fühlte sich wie ein Märtyrer des Haushalts.

Elodia war sechs Jahre jünger als Carmela, die sie gleich nach ihrem Umzug in die erste gemeinsame Wohnung eingestellt hatte. Als Elodia vom Gärtner schwanger wurde, verlangte Carmela von ihr, abzutreiben.

«Ich habe gesündigt, Señora, nicht das Kind», antwortete Elodia, entrüstet über die Aufforderung zum Kindsmord.

«Keiner hat Schuld, aber du bist noch zu jung, um Mutter zu werden.»

«Die Jungfrau bekam Gott mit fünfzehn Jahren. Stellen Sie sich mal vor, Josef hätte ihr gesagt, ‹das ist nicht mein Sohn, geh in die Klinik und mach ihn weg›. Wenn man es recht bedenkt, das ist unmöglich.»

Im siebten Monat der Schwangerschaft heirateten Elodia und Salvador, der Gärtner, in Atlacomulco, der Heimat des Bräutigams, der sich als mieser Ehemann erweisen sollte, als Ehebrecher, Säufer und Streithammel. Elodia lebte zehn Jahre in diesem Ehegefängnis, bis Salvador eines Tages «die Hand ausrutschte» und sie ohnmächtig wurde.

Als er ihr blaugrünes Gesicht und ihren zahnlosen Mund sah, verspürte Ramón einen bitteren Durst nach Rache und versprach ihr, sich darum zu kümmern, dass dieser Kriminelle keinen Fuß mehr in ihr Haus setzen würde. Er aktivierte seine Kontakte bei der Staatsanwaltschaft und verlangte, mit einem Umschlag voller Scheine zur Unterstützung, Recht walten zu lassen. «Zerquetscht ihm die Eier», präzisierte er. Weder Elodia noch die Gärten der Wohnanlage hörten je wieder von ihm.

Jahre später fand Ramón Elodia eines Morgens weinend in der Küche vor. Sie hatte einen Anruf aus ihrem Dorf bekommen, ihre nierenkranke Mutter könne nicht mehr aufstehen.

«Sie sagen, dass sie geschwollene Beine hat und dass man ihr Blut waschen muss, aber das kostet eine Stange Geld.»

Ramón hatte gerade den alten Wagen gegen einen neuen ausgetauscht und Flugtickets gekauft, um mit seiner Familie nach Kalifornien zu reisen.

«Holen Sie sie nach Mexiko-Stadt», sagte er und würgte seinen Egoismus hinunter. «Ich helfe Ihnen mit den Kosten.»

Auf diese Weise wurde Ramón zum Versorger einer alten Diabetikerin, die dank der wöchentlichen Dialyse und einem Dutzend verschreibungspflichtiger Medikamente noch elf Monate weiterlebte. Auch die Überführung ihres Leichnams zum winzigen Friedhof des Dorfes bezahlte Ramón.

Seitdem war aus Elodias Dankbarkeit gegenüber ihrem Chef bedingungslose Vergötterung geworden. Auf ihrem Hausaltar platzierte sie ein Foto des Anwalts zur Linken Gottes. Trotz seiner Heiligkeit wurde Ramón der Gotteslästerung nicht müde, indem er sagte, Religion sei Betrug, die katholische Kirche ein Club von Kinderschändern und nur der Atheismus könne das Land retten.

Einmal wurde Elodia des Diebstahls verdächtigt, weil Ramóns goldene Uhr verschwunden war. Bevor er sie mit dem Vorwurf konfrontierte, beauftragte Ramón seine Tochter damit, die Bewegungen der Verdächtigen zu überwachen. Für sachdienliche Hinweise aller Art bot er ihr ein Puppenhaus. Das einzig auffällige Verhalten, das Paulina nach einer Woche Arbeit melden konnte, bestand darin, dass Elodia die Betten jeden Tag mit einer farblosen Flüssigkeit besprühte, die sie in einem Zerstäuber aufbewahrte. Dazu befragt gestand sie, dass es sich um Weihwasser handelte.

«Und was, wenn das Wasser verseucht ist?», fragte Carmela sie.

«Wie meinen Sie das? Der Küster füllt das Becken immer mit Wasser aus dem großen Wasserspender auf.»

Schließlich tauchte die Uhr in einer Schublade von Ramóns Schreibtisch wieder auf, wo er sie einige Wochen zuvor hingelegt hatte, bevor er zum Essen in ein Gasthaus in Tepito gegangen war.

Als Ramón erkrankte, kaufte Elodia im Stadtzentrum ein Bild des heiligen Peregrinus, dem Schutzpatron der Krebskranken, und befestigte es mit einem Magneten, einem Andenken an Acapulco, an der Kühlschranktür der Martínez'. Unter dem Bildnis des heiligen Peregrinus befand sich ein Gebet, das Elodia jedes Mal sprach, wenn sie etwas aus dem Kühlschrank holte:

Oh! Heiliger Peregrinus!
DU, der du der «Wundertätige» genannt wirst,
weil du von Gott zahlreiche Wunder erwirkst;
DU, der du so viele Jahre die Krebserkrankung trugst;
DU, der du dich an Gott wandtest, als menschliches Können nichts mehr ausrichten konnte;
DU, der du Jesus sahst, der sich vom Kreuz herabneigte, um deine Leiden zu heilen,
bitte nun GOTT und die Heiligste JUNGFRAU, dem kranken Menschen zu helfen *(hier den Namen von deinem kranken Menschen einfügen)*: Amen!

(Ein Vaterunser, Avemaria und Gloria.)

Für die wunderbare Heilung des Anwalts war Elodia bereit, auf Avocados zu verzichten, ihr Lieblingsessen. Hätte sie größere Laster gehabt, hätte sie vielleicht besser mit Gott Vater verhandeln können. Je näher der Tag der Operation rückte, desto mehr erhöhte Elodia den Einsatz ihrer Opfergaben: Am Ende verzichtete sie auf *Tamales*, Quark und getrockneten Chili. Außerdem flehte sie den Geist ihrer Mutter an, sich für ihren Patron einzusetzen, drängte sie, sich daran zu erinnern, wie gut Ramón vor ihrem Tod zu ihr gewesen war.

Das magische Denken hielt Einzug im Hause Martínez. Trotz Ramóns Antiklerikalismus und Carmelas religiöser Lauheit gingen die Kinder auf eine katholische Schule, wo sie regelmäßigen Gottesdiensten, obligatorischem Katechismus-Unterricht und Predigten über vorehelichen Sex ausgesetzt waren. Paulina begann damit, jeden Tag die Kapelle der Schule aufzusuchen. Mateo hatte das Gefühl, dass sein tägliches Masturbieren die Heilung seines Vaters beeinflussen könnte, weshalb er sich vornahm, sich weder anzufassen noch Pornoseiten im Internet zu besuchen. Carmela rief immer wieder zwanghaft bei ihrer Bank an, um den Kontostand abzufragen, als ob sich ihr Erspartes wie durch ein Wunder von einem Tag auf den anderen vervielfachen und sich damit das Problem lösen würde, dass sie nicht genug Rücklagen für die Operation und die Wochen der postoperativen Rehabilitation im Hospital Metropolitano hatten. Keine Krankenversicherung zu haben war eine so grobe Fahrlässigkeit, dass sie sich schämte, das vor Freunden und Familie zuzugeben. Ihre Schwester Angélica sparte nicht an Vorhaltungen, als Carmela sich an sie wandte, um sie um ein Darlehen zu bitten. «Wir können euch mit höchstens fünfzigtausend unterstützen.» Sie brauchten zwanzigmal so viel, eine Summe so hoch wie das Jahreseinkommen Ramóns, und davon waren noch die Schulgebühren und die monatlichen Raten fürs Auto, für den Pick-up sowie für die drei Computer abzuziehen, die sie im Januar für die Kinder und die Sekretärin gekauft hatten. Ramón hatte seine gesamten Ersparnisse in die Umgestaltung der Büros gesteckt, und er war zu stolz, jemanden um Geld zu bitten, der nicht zur Familie gehörte. Die einzige Hoffnung war sein kleiner Bruder, Ernesto, der mit einer Fabrik für Styroporverpackungen Millionär geworden war.

Nach gescheiterten Ausflügen ins Importgeschäft drittklassiger spanischer Weine, in die Herstellung von Diabetikermarmeladen und fettreduzierten *Tamales* hatte Ernesto auf Styropor gesetzt, dieses weiße Wunder der Petrochemie, das die Welt des Fastfood und der Lehrmaterialien für den

Schulunterricht revolutionierte. Ernesto begann just in dem Moment mit der Herstellung von Wegwerfverpackungen, als Essen zum Mitnehmen in Mode kam, und von einem Tag auf den anderen schossen die Bestellungen für seine Produkte durch die Decke. Nach nicht einmal einer Dekade dominierte Ernestos Firma, die Unimex AG, den Styropormarkt im gesamten zentralen Hochland Mexikos.

Von Anfang an hatte Ernesto Ramón gebeten, sich um alle juristischen Angelegenheiten der Firma zu kümmern: Verträge, Forderungen, Liquidationen. Anders als sein großer Bruder war Ernesto ein gnadenloser Chef, ein unlauterer Wettbewerber und betrügerischer Steuerzahler. Nachdem er ungerechterweise eine Reihe von Gerichtsverfahren für seinen Bruder gewonnen hatte, entschied Ramón, nicht weiter für ihn zu arbeiten. «Deine ganzen Scherereien lassen mir keine Zeit, mich um meine Mandanten zu kümmern. Ich suche dir einen anderen Anwalt.» «Die Familie sollte an erster Stelle stehen», antwortete Ernesto. «Ganz meine Meinung, aber du hörst ja nicht auf mich. Du hörst nicht auf, Lieferanten zu verarschen, Angestellte rauszuwerfen, Rechnungen zu fälschen. Ich kann so nicht arbeiten.» «Wie viel willst du?» Der Streit endete in Beleidigungen, gespickt mit Wahrheiten – Ernesto sei Alkoholiker und Ramón leide an einer erektilen Dysfunktion – und mit Lügen – Ernesto sei ein Bastard und Ramón ein Sodomit. Als Ernesto ihn beschuldigte, ein elender, vom Neid zerfressener Heuchler zu sein, legte Ramón auf. Ein Jahr war seitdem vergangen und sie hatten nicht wieder miteinander gesprochen. Carmela bestand hartnäckig darauf, ihn wenigstens über die Operation zu informieren und dabei zu hoffen, dass er von sich aus Unterstützung anbieten würde, wenn sie ihn schon nicht um Geld baten. Ramón war überzeugt davon, dass sein Bruder ihm nicht helfen würde, und um das zu beweisen, akzeptierte er, dass Carmela ihn anrief.

«Sag mir, wie ich euch helfen kann», sagte Ernesto, den der Krebs seines Bruders ernsthaft erschütterte. Carmela setzte ihm die Lage auseinander, und Ernesto willigte ein, ihnen das Geld unter einer einzigen Bedingung zu leihen:

«Damit es keine Missverständnisse gibt», sagte er seiner Schwägerin, «wir schreiben einen Schuldschein über die Summe, die ich euch leihe, und als Garantie setzen wir euer Haus ein, auf das man ja gegebenenfalls eine Hypothek aufnehmen könnte, nicht wahr?» Ramón erzürnte dieser schäbige Vorschlag. Vor seinem Uni-Abschluss hatte dieser Hosenscheißer gar nicht gewusst, was Arbeit ist. Und wer hat ihm Unterhalt gezahlt, als er studiert hat, und wer hat ihn aus der Zelle geholt, als sie ihn angehalten hatten, weil er besoffen mit Mamas Auto gefahren ist? Ich. Und jetzt verlangt er, dass du einen Schuldschein unterschreibst, als wärest du ein scheiß Fremder. Er müsste mir das Geld auf mein Wort leihen, als Zeichen des Vertrauens und aus Dankbarkeit. Einen Dreck wirst du ihm unterschreiben, ich unterschreibe, und wenn ich sterbe, soll er sich ins Knie ficken. Mit einer handschriftlichen Notiz und in anderen Worten teilte Ramón Carmela seine Entscheidung mit.

«Glaubst du nicht, dass er dann einen Rückzieher macht?»

Dafür hat der nicht die Eier, dachte er.

4

Eduardo ging jeden Samstag um Punkt elf Uhr zur Therapie, ausgestattet mit einer Feldflasche ozonisierten Wassers und mit einer sauberen Decke, um damit die promiskuitive Couch abzudecken, auf der er während der Sitzungen liegen musste. Er war Teresas Lieblingspatient, nicht wegen seiner extravaganten Phobien, sondern wegen seiner Jugend und weil er sie nicht aufsuchte, um den Gedanken anzunehmen, dass er Krebs hatte, sondern um ihn loszuwerden. Im Alter von neun bis zwölf Jahren hatte er an Leukämie gelitten, und er war dank einer langen Chemotherapie geheilt worden. Dennoch hatte er sich nie wieder wie ein gesunder Junge gefühlt. Er stand kurz vor seinem zwanzigsten Geburtstag und war fest davon überzeugt, dass die Störung noch immer in einem seiner zweihundertsechs Knochen steckte, was ihn in Verbindung mit einer ausgeprägten Phobie vor Mikroben und ansteckenden Krankheiten daran hinderte, ein einigermaßen normales Leben zu führen. Die Oberstufe hatte er mit Handschuhen und Mundschutz absolviert, was ihn zur Zielscheibe von ständigem Spott und Belästigungen machte. Einmal hatten ein paar Vandalen eine Tüte voller Hundekacke mit in die Schule gebracht und sie in Eduardos Ranzen ausgeleert, während er sich wie so häufig im Krankenzimmer befand. Als er in den Klassenraum zurückkehrte und seinen Rucksack öffnete, fiel Lalo in Ohnmacht. Umgeben von dem Gestank der Fäkalien und dem Gezeter seiner Klassenkameraden kam er wieder zu sich, und es packte ihn ein so knirschendes Entsetzen, dass er sich nicht mehr bewegen konnte und der Lehrer ihn ins Krankenzimmer tragen musste. Er ging nie wieder zur Schule. In nur zwei Jahren absolvierte er den offenen Vorbereitungskurs für die Hochschule und bestand die Zulassungsprüfung für das Spanisch-Studium mit Bestnote.

Eduardo begann seine Therapie mit dem genau definierten Ziel, die Qualen zu lindern, die ihm der Besuch des Unterrichts in der Ciudad Universitaria bereitete, einem Ort, der in seinen Worten eher einem Gefängnis mit geringem Budget glich als einem Campus, den die UNESCO zum Weltkulturerbe erklärt hatte. Sein Plan war, so schnell wie möglich seinen Abschluss zu machen und dann als Stilkorrektor, kreativer Redakteur oder Übersetzer zu arbeiten, irgendeine Tätigkeit, die es ihm erlaubte, von zu Hause aus zu arbeiten, ohne sich dem ansteckenden Gedränge seiner Artgenossen auszusetzen.

Ein einziges Mal war er zu spät zur Sitzung gekommen; das Auto seiner Mutter war kaputtgegangen und er hatte zu Fuß mehr als eine Stunde von seinem Elternhaus bis zu Teresa gebraucht. Japsend betrat er die Praxis, das Gesicht rot und die Kleidung von Schweiß getränkt. Teresa wusste, dass Eduardo keinen Bus und kein Taxi genommen hatte, weil er nicht in der Lage war, öffentliche Verkehrsmittel zu benutzen, ohne eine Panikattacke zu bekommen.

Die Chemotherapie hatte ihn vor der Leukämie gerettet, sie hatte aber auch für eine Weile sein Immunsystem zerstört, weshalb das Ende der Kindheit des kleinen Lalo aus einer endlosen Folge antiseptischer Mittel bestand. Teresa war der Ansicht, dass unter diesem offensichtlichen Grund für seine Keimphobie eine unterdrückte Treue zum kranken Zustand lag, eine ungelöste und nicht einzugestehende Trauer um den Krebs. Dieses Symptom, das sie an vielen jungen Patienten bemerkt hatte, war analog zum Stockholm-Syndrom, bei dem das Opfer eines Verbrechens eine ungesunde Zuneigung zum Täter entwickelt.

«Warum müssen wir etwas in uns haben, was nicht wir sind?», fragte Eduardo einmal, als er über seine Darmflora sprach, und Teresa, erstaunt über die vielen psychoanalytischen Anklänge dieses Satzes, beeilte sich, ihn in ihrem Notizbuch aufzuschreiben. Für Eduardo bestand das Wesen des Anderen in der bösartigen Überwachung, im Zorn, der das Blut mit Weiß vergiftet, mit weißen Blutkörperchen eben, «mich ekelt diese Farbe», sagte er, was interessant war, denn Weiß symbolisierte Reinheit, Güte und Sauberkeit. Die Decken, mit denen Eduardo die Couch bei Teresa abdeckte, waren normalerweise grün oder blau, aber niemals weiß. Decken, Handschuhe, Mundschutz … seine Identität hing von diesen Barrieren ab, die ihm Schutz boten vor dem ansteckenden, krankmachenden, tödlichen Anderen.

Seine Mutter hatte die Neurosen ihres Sohnes befördert. Ihre Angst vor dem Tod Eduardos, dem einzigen Kind einer flüchtigen Romanze, hatte sie zu einer strengen Aufseherin seiner Ernährung und Sauberkeit gemacht, und in allen anderen Belangen war sie großzügig. Indem sie seinen Vorlieben und Launen nachgab, hatte sie ihn daran gewöhnt, sich stets ohne jeden Widerstand durchzusetzen. Als sich Eduardo einmal vom Weihnachtsmann einen industriellen Luftreiniger aus Japan wünschte, gab sie dafür ihr gesamtes Weihnachtsgeld aus. Eduardo war ein gieriger Leser, der aber Buchhandlungen und Bibliotheken hasste, also schickte er seine Mutter los, damit sie ihm Bücher kaufte, die zwingend neu sein mussten, denn er akzeptierte kein Buch, das nicht in Plastik eingeschweißt war. Als Eduardo beschloss, koscher zu leben, sah seine Mutter sich gezwungen, sich sämtliche gastronomische Restriktionen zu eigen zu machen, obwohl weder sie noch irgendjemand, den sie kannte, praktizierender Jude war. Ihr Sohn versicherte, dass die Kaschrut sehr weise im Verbot von Schweinefleisch und Meeresfrüchten war, diesen wahren Überträgern bakterieller Sünde.

Obwohl er nie darüber sprach, quälte ihn seine immer ranziger werdende Keuschheit. Teresa achtete aufmerksam auf Anzeichen dieser Frustration. Wie sollte er mit einem Mädchen schlafen, wenn er nicht einmal zuließ, dass seine Mutter ihn umarmte? Wann würde er in einen Mund vordringen, in eine Vulva, bei dieser Abscheu vor warmen Körpersäften? Die Herausforderung war groß, die Belohnung aber auch, und wenn ihn irgendetwas vor seinen Phobien retten könnte, dann die Überzeugungskräfte des Eros.

Eduardo verachtete seine Kommilitonen, die er gemeinhin als «Neandertaler» bezeichnete. Er war kurz davor, das erste Semester Philologie zu beenden, und hatte noch keine einzige zwischenmenschliche Beziehung aufgebaut.

«Ich glaube, die haben mich schon angesteckt», sagte er mit Grabesstimme am ersten Samstag im Dezember.

«Womit?», fragte Teresa ohne jedes Zeichen von Beunruhigung in der Stimme.

«Mit irgendeinem Pilz. Candida oder Aspergillus, ich weiß noch nicht, aber ich habe Symptome einer Fungämie.»

«Welche?»

«Ständige Erschöpfung, Erinnerungsverlust, Angst, plötzliches Erröten, aber ich habe weder respiratorische noch gastrointestinale Symptome, darum ist es am wahrscheinlichsten, dass ich Pilze im Blut habe. Ich habe schon angefangen, Fluconazol zu nehmen, aber sie gehen nicht weg. Meine Mutter ist schuld, sie hat mir einmal morgens einen sehr starken Kaffee gemacht, und weil der abführende Wirkung hat, musste ich in der Fakultät aufs Klo gehen. Es war schrecklich zu sehen, was für Mengen an Schimmel und Pilzen da wachsen. Ich hatte ihr aufgetragen, dass sie an den Tagen, an denen ich zum Unterricht gehe, nur zwei Löffel Kaffee nehmen soll, damit ich nicht unruhig werde. ‹Ich hab nicht dran gedacht›, hat sie gesagt, und jedenfalls musste ich dann die Toilette benutzen und diesen ganzen Dreck einatmen, der da lebt. Staphylokokken, Sporen, diese ganze fliegende Feuchtigkeit der Mikroben. Furchtbar. Das ist jetzt keine Hypochondrie, ich schwöre Ihnen, dass ich mich entsetzlich schlecht gefühlt habe. Und das Problem ist, dass die Pilze in den Kulturen so schwer nachzuweisen sind, und Sie wissen ja, wie gern ich mir Blut abnehmen lasse … Der Horror.»

«Warum bist du denn an dem Tag nicht nach Hause gegangen?»

Teresa wusste, dass Eduardo in vergleichbaren Situationen seine Mutter angerufen hatte, sobald er merkte, dass er pinkeln musste, damit sie ihn in der Fakultät abholte und nach Hause brachte, was nicht weit war.

«Ich konnte nicht.»

«Weil?»

«Ich war um ein Uhr mit einer Kommilitonin verabredet, um ihr in Phonetik zu helfen, und ich hatte ihre Nummer nicht, um abzusagen. Aber dann habe ich mich so elend gefühlt, dass ich sowieso nicht bleiben konnte. Ich habe ihr gesagt, dass es einen familiären Notfall gab, und bin gegangen.»

«Und habt ihr euch für ein andermal verabredet?»

«Nein. Mir war so übel und ich konnte nicht aufhören, an den ganzen Urin und die Mikroben zu denken, in die ich auf dem Klo getreten bin. Die haben da Pappen unter die Pissoirs gelegt, die alles aufsaugen sollen, was danebenspritzt, aber das ist so ekelhaft, die Pappe ist ein perfekter Nährboden für Pilze. Ich musste die ganze Zeit daran denken, wie schmutzig meine Schuhe waren. Ich habe gespürt, wie die Geißeln der Bakterien mich an den Beinen kitzelten, wie sie an den Haaren hochkletterten, sich da überall rein…»

«Hast du nicht erwartet, dass die Toiletten so schmutzig sind?»

«Ich wusste es, aber ich konnte nicht weg. Ich bin um viertel nach eins aus dem Unterricht gekommen und war um eins mit diesem Mädchen in der Bibliothek verabredet.»

«Wann hattet ihr das ausgemacht?»

«Montag. Sie hat mich um meine Aufzeichnungen gebeten, weil sie eine Stunde versäumt hatte, aber ich habe gesagt, dass mich schon jemand anders danach gefragt hatte. Natürlich stimmte das nicht, aber ich würde ihr niemals meine Blätter leihen … also habe ich gesagt, wenn sie will, kann ich ihr am Mittwoch erklären, was wir durchgenommen haben.»

«Und hat sie die Aufzeichnungen bekommen?»

«Gestern hatten wir gemeinsam spanische Literatur, und am Ende hat sie mich gefragt, ob mit meinem Notfall alles gut ausgegangen ist. Ich hab gesagt, dass alles geklärt ist, mich bedankt und dann gefragt, ob sie nicht möchte, dass wir das mit der Phonetik machen, aber es hatte ihr schon jemand seine Notizen geliehen. Das war's. Und besser so, denn gestern habe ich angefangen, mich viel schlechter zu fühlen, und das ist schrecklich, gerade jetzt, wo die Semesterprüfungen anstehen. Ich kann mich nicht konzentrieren, ich denke die ganze Zeit nur an die Pilze, die ich im Blut habe, und ob sie die Blut-Hirn-Schranke überwinden … Ich kann nicht.»

«Ich erinnere mich, wie es mir im Studium geholfen hat, mit einer Freundin zu lernen. Wir haben uns abwechselnd den Stoff erklärt, uns Fragenkataloge erstellt, und das hat sehr gut geklappt.»

«Emilia ist nicht meine Freundin. Sie hat nur ein paar Mitschriften gebraucht, und weil ich nett sein wollte, bin ich auf dem Klo gelandet, und jetzt habe ich eine Fungämie, die in einer generalisierten Blutvergiftung enden könnte.»

Teresa empfand eine ganz besondere Empathie für Eduardo. In ihrer eigenen Therapie hatte sie über ihn und über die Mutterinstinkte gesprochen, die er in ihr weckte. Sie hätte ihn gern gefragt: «Warum lädst du sie nicht auf einen Kaffee ein?», aber dieser Vorschlag hätte ihn in die Defensive getrieben. Sein Körper hatte Eduardo zu früh im Leben im Stich gelassen, und er konnte sich von diesem Verrat nicht erholen. In einer ihrer ersten Sitzungen hatte er erklärt, dass all die hygienischen Vorsichtsmaßnahmen nötig waren, weil sein Körper nicht auf sich selbst aufpassen konnte, er musste das für ihn übernehmen. «Dein Körper bist nicht du?», hatte Teresa ihn gefragt, und Eduardo hatte geantwortet: «Der Körper gehört mir, aber ich bin nicht er.»

Um die kindliche Gnade der Gesundheit betrogen, hatte Eduardo sich der Aufgabe angenommen, sich mit Hilfe strikter Ernährungs- und Hygienevorschriften das Leben zurückzuholen, das ihm der symbolische Andere zu nehmen drohte.

Er hatte akzeptiert, dass diese Aufgabe sein Schicksal war, der Sinn seiner Existenz. Es ist nicht einfach, sich von einem solchen Schatz zu trennen, selbst wenn es ein Albtraum ist. Die Leukämie hatte den Weg seines Lebens bestimmt, sie hatte ihm versprochen, dass die Heilung das Paradies wäre, doch als er entlassen wurde, erwarteten Eduardo eine fade Pubertät, eine überbehütende Mutter und eine Welt, der seine Gesundheit egal war. Eduardos enttäuschter Verstand suchte Zuflucht in den Phobien, im schonungslosen Kampf gegen die Keime und die Geister der Leukämie, Feinde, die es ihm erlaubten, weiter an das noch kommende Glück zu glauben. Auf diese Weise bewahrte sich die signifikative Ordnung in der Lacan'schen Metapher des Namen-des-Vaters.

Teresa notierte den Namen «Emilia» in ihrem Heft. In der Nacht zuvor hatte sie Marihuana geraucht, und ihr Gedächtnis war noch immer trüb und nicht trittfest. Sie baute das Gras selber auf ihrer Dachterrasse an, in einem abgeschlossenen Raum, der von Natriumdampflampen beleuchtet und einem Absaugventilator belüftet wurde. Als Gegenmittel gegen Übelkeit, Appetitlosigkeit und Nervenschmerzen durch die Chemotherapie hatte sie mit dem Kiffen angefangen. Diese Erfahrung hatte sie zu einer glühenden Verfechterin von Marihuana gemacht, sei es aus medizinischen Gründen oder zur Erholung.

Wenn einer ihrer Patienten Hilfe brauchte, um die Nebenwirkungen der Bestrahlung oder der Chemotherapie zu ertragen, bot ihm Teresa im Flüsterton eine private Sitzung mit «María» an, dieser wunderbaren Substanz, die die Schmerzen lindert, die Sinne schärft, den Appetit weckt und die Raupen aufhält, die an der Gesundheit nagen. Eduardo, dachte sie, würde es guttun, sie zu probieren. Die meisten Knospen, die sie in ihrem Gewächshaus erntete, waren für ihre Patienten in onkologischer Behandlung bestimmt. Ein wenig legte sie für ihren eigenen Konsum zu spirituellen Zwecken beiseite.

5

Am Abend vor der Operation ging Paulina ins Internet, um ihre Verunsicherung zu lindern. Sie tippte «totale Glossektomie» in die Suchmaschine, und nachdem sie den dürftigen Artikel auf Wikipedia gelesen hatte, fuhr sie damit fort, sich die Bilder anzuschauen, die Google ihr anbot. Es war grauenerregend. Sie musste den Verzehr des zweiten *Gansito-Marinela*-Schokoriegels des Abends unterbrechen. Seit sie klein war, besänftigte Paulina ihren Kummer mit Süßigkeiten, aber der Anblick dieser Fotos nahm ihr den Appetit. Sie hielt es keine Minute länger vor dieser dantesken Collage aus verstümmelten Mündern, Nähten und blutiger Gewebemasse aus. Sie schloss das Fenster und eilte Schutz suchend zu Facebook, wo das Leben ohne Schrecken zwischen bearbeiteten Fotos, inspirierenden Zitaten, Bilderwitzen und Musikvideos verlief. Als sie sich wieder beruhigt hatte, biss sie in den *Gansito*, öffnete Google und warf mit geübter Hand «krebs» auf die Tasten, kleingeschrieben, denn der Suchmaschine war gute Orthographie egal. Sie ging erneut auf die Wikipedia-Seite, und sie las die Beschreibung noch einmal so, als müsste sie eine Prüfung darüber ablegen. «Krebs ist in der Medizin der Name für die Gesamtheit der Krankheiten, in denen der Körper unkontrollierte *Zellteilung* – jeder Hyperlink war in blauer Farbe geschrieben – aufweist. Diese kann lokal beginnen und sich auf angrenzendes *Gewebe* ausbreiten. Führt normalerweise zum *Tod* des Patienten, wenn dieser keine angemessene Behandlung erhält.» Es gab drei mögliche Hyperlinks, und sie wählte «Tod», um weiterzulesen. «Der Tod ist ein unumkehrbares Ereignis, das aus dem Erlöschen des *homöostatischen* Prozesses eines Lebewesens resultiert, und damit das Ende des Lebens.» Wenn der Tod ein Hyperlink war, wohin führte er? Paulina fiel es schwer, an das Jenseits zu glauben, aber sie wollte es tun, weil ihr der Gedanke gefiel, dass es Geister gab und dass ihr Vater nie so vollständig verschwinden würde wie seine Zunge am nächsten Tag. Sie ging eine Seite zurück und tippte mit der gleichen Geschicklichkeit wie vorher «zungenkrebs». Die beliebtesten Treffer hatte sie schon gelesen, und dieses Mal rief sie einen Artikel auf, der «Epidermiskarzinome» hieß, ohne zu wissen, dass die nichts mit dem Fall ihres Papas zu tun hatten. Also las sie entsetzt, dass «50 % dieser Schäden tödlich sind», schon wieder dieses verfluchte Wort, das als ersten Treffer bei der Googlesuche ein Kästchen ausspuckte, das auf das alte Videospiel *Mortal Kombat* hinwies. Dieses Ergebnis führte ihr die enorme Gleichgültigkeit des Internets gegenüber ihrem Hunger und ihrer Angst vor Augen.

In der Schachtel war nur noch ein einziger *Gansito*. Sie beschloss, ihn als Vorwand zu nehmen, um Mateos Gesellschaft zu suchen, der sich sicher auch noch nicht hingelegt hatte und so nervös war wie sie. Sie nahm den *Gansito* und ging auf den Flur. Sie bückte sich, um zu sehen, ob Mateo das Licht anhatte, und als sie unter der Tür sah, dass es noch brannte, ging sie hin und klopfte. Das einzig wahrnehmbare Geräusch kam aus dem Zimmer ihrer Eltern, die Nachrichten schauten. Sie klopfte noch einmal.

«Mateo», rief sie.

Paulina stellte sich vor, dass er vor dem Computer saß, durchs Netz surfte und dabei Kopfhörer aufhatte; das Bild war richtig, wenn auch unvollständig, denn es fehlten die heruntergelassene Hose, der erigierte Penis, die aktive Hand, die skurrilen Stiefschwestern im Schwimmbad – Mateo schaute lesbische Filmchen, weil der maskuline Part im Pornokino sein genitales Selbstbewusstsein untergrub.

Immer wenn er masturbierte, empfand Mateo diffuse Schuld, und im Hintergrund dieses Gefühls lebte eine etwas absurde, aber wirkungsvolle Vorstellung, die ein Priester während einer Predigt über Sexualerziehung heraufbeschworen hatte: «Der Körper des jungen Katholiken ist das Haus Gottes, der Tempel Christi, und wenn wir uns aus egoistischen Gründen berühren, dann ist es, als würden wir im Haus eines Freundes mit Schuhen voller Schlamm aufs Bett klettern und darauf herumspringen. Das mag vielleicht großes Vergnügen bereiten, doch das Bett, das er uns geliehen hat, ist nicht dafür gedacht, sondern um auszuruhen und um – im gegebenen Moment – die größte Gnade der Ehe zu feiern, welche die Fortpflanzung ist.» Aber Marisa Johnson, seine Lieblingspornodarstellerin, stöhnte so unwiderstehlich, engelsgleich, in Einklang mit den zwei Flügeln, die sie auf ihren Rücken tätowiert hatte. Mit ihr erlebte er tellurische Orgasmen, die das Papiertaschentuch durchdrangen, in das sich das nutzlose Sperma ergoss.

Mitten in einem Video, in dem Marisa mit ihrer Stiefschwester spielte, hörte Mateo Schläge an der Tür, zischte ein frustriertes «Fuck!» und beeilte sich, die Pornoseite zu schließen, seine Hosen hochzuziehen, das noch saubere Taschentuch zu verstecken, «ich komme!» zu rufen, die verschwitzte Hand am Sweatshirt abzuwischen, aufzustehen, den Penis zu verstauen, um die Erektion zu verstecken, zur Tür zu gehen, zu öffnen. Und seine Schwester: «Magst du einen *Gansito*?»

«Was?»

«Ich habe ein paar *Gansitos* mit auf mein Zimmer genommen. Willst du vielleicht einen?»

«Geh mir nicht auf den Sack, Pau, ich hab gelernt.»

«Hey, komm mal wieder runter, du hast sowieso nur gechattet. Da, nimm ihn dir.» Wenn Mateo ihr nicht mit dem letzten *Gansito* half, würde sie der Versuchung nicht widerstehen können.

«Nein, ich hatte zum Abendessen ein gutes … Danke», sagte Mateo mit bemühter Höflichkeit, die seinen Ärger über die Unterbrechung verbergen sollte.

«Iss ihn später.»

«Nein, echt nicht. Danke. Geh jetzt schlafen.»

«Ich hab Angst, Mate…»

Paulina begann zu weinen und Mateo, der sich für sein Verlangen schämte, zu Marisa zurückzukehren, umarmte sie, vorsichtig, um sie nicht mit der Hose zu berühren.

«Nicht weinen, Pau. Geh schlafen …»

Paulina wollte ihm gern die Fotos von operierten Mündern und amputierten Zungen zeigen, die sie im Internet gefunden hatte, damit er sich über die Tragödie klarwerde, die sich am nächsten Tag ereignen würde. Sie weinte vor Zorn und Angst, und Mateo tätschelte ihr träge den Rücken, roboterhafte Zuneigung; eine autistische Katze hätte ihr mehr Trost gespendet.

Nach einer Minute brach Mateo die Umarmung ab und wiederholte, dass sie schlafen gehen sollte, wünschte ihr eine gute Nacht und schloss sich wieder ein. Paulina blieb allein auf dem Flur stehen. Sie sah zur Tür ihrer Eltern, ging aber nicht hin. Sie hatten schon genug Sorgen und konnten nicht gebrauchen, dass sie auch noch störte.

Sie ging zurück in ihr Zimmer und legte sich aufs Bett. Von den an die Wand geklebten Postern lächelten sie die hübschesten Popsänger gleichgültig an. Sie fühlte eine merkwürdige Mischung aus kindlicher Angst und dem Verlangen einer Frau. Sie wollte, dass ihr Papa sie umarmte und Justin Bieber Sex mit ihr hatte. Ihre Adoleszenz war ein rosa Milchshake aus Bauchgefühl und Einsamkeit. Mit einem süßen schokoladenen Schnattern rief der letzte *Gansito* in seiner durchsichtigen Verpackung nach ihr. Iss mich, sagte er, und sie gehorchte.

Nachdem sie lange solidarisch wach gelegen hatte, übermannte der Schlaf Carmela, und nun schnarchte sie wie ein Wikinger, den der Grog ausgeknockt hatte. Neben ihr lag Ramón und stellte sich sein Leben ohne Zunge vor, den mitleidigen Umgang seiner Familie, die Verwirrung seiner Mandanten, die Ungeduld der Richter und Anwälte. Er stand kurz vor einer sich endlos wiederholenden Scharade, mit juristischen Argumenten anstelle der Titel berühmter Filme.

Die Nacht verging zäh. Der Tumor pulsierte in seinem Mund wie ein Herz, ein kleiner Eindringling. Ramóns Angst verkleidete sich als Ungeduld, endlich in den Operationssaal zu kommen und ihn zwar unvollständig, aber vom Krebs geheilt wieder zu verlassen. Er zählte die Krebskranken nach, die er bis dahin kennengelernt hatte. Ihm war noch nie aufgefallen, wie gewaltig ihre Zahl war, was er der Maßlosigkeit des modernen Lebens zuschrieb.

Gegen drei Uhr morgens schlief er ein. Sag ihnen, sie sollen mich nicht operieren, murmelte er im Traum. Als sie ihn auf einer Krankentrage in den Operationssaal fuhren, überkam ihn Panik. Er träumte nicht. Sie würden ihn verstümmeln. Eine Woge Cortisol flutete seinen Körper, bereitete ihn darauf vor, zu kämpfen oder zu fliehen. Die Pfleger parkten die Trage genau neben dem Operationstisch und beförderten ihn in einer einzigen Bewegung hinüber. Er sah sich von lauter Ärzten und Pflegern umgeben, die alle mit Kittel, Haube und Mundschutz verhüllt waren. Er erkannte den Gruß von Aldama und den des Chirurgen. Er merkte, dass sie guter Stimmung waren, in Feierlaune, begierig darauf, in ihn zu schneiden.

Eine Minute verging mit verworrenen Vorbereitungen. Eine ferne Stimme bat ihn, tief zu atmen. Er war wach und vollkommen klar. Er glaubte, dass irgendetwas mit der Anästhesie nicht stimmte, dass er vor der Zeit aufwachen würde, das Skalpell spüren, das offene Fleisch, das rote Sprudeln, das Gelächter, die plötzliche Nacktheit des weißen Knochens.

«Entspannen Sie sich, Señor Martínez», sagte eine Stimme.

«Ih bih Ehanha», korrigierte er. «Ich bin Rechtsanwalt», ein letztes Mal wollte er das mit seiner Zunge sagen.

«Mehr Midazolan», sagte eine andere Stimme, ein Echo.

Plötzlich bedeckte nächtlicher Schaum seine Augen. Ein weiteres Mal hatte das Warten ein Ende.

6

In den Therapiesitzungen mit ihrer eigenen Analytikerin und Supervisorin kam Teresa immer wieder auf das Thema der Übertragung und Gegenübertragung mit Eduardo zurück. Ihrer eigenen Deutung nach hatte der Patient eine Mutterübertragung auf sie. Weil seine alleinerziehende Mutter ihn während seiner Krankheit so hingebungsvoll gepflegt hatte, begehrte sie in ihm etwas, was nicht er war, ihr schwacher Sohn, sondern der bedrohlich übergeordnete Vater, von dem alle sprachen, ohne seinen Namen zu nennen. Unbewusst wurde dem Krebs die Rolle des Vaters übertragen. Diese schreckliche Identität wurde im tiefsten Inneren von Eduardo unterdrückt. Seine Mutter begehrte in ihm den Anderen, und ohne sich dessen bewusst zu sein, wollte sie, dass ihr Sohn Krebs hatte. Was für ein unaussprechliches Grauen. Daher so viel Verdrängung. Und der Phallus dieses symbolischen Vaters, das äußerliche Symptom, war die Keimfreiheit, die von der Mutter so vergötterte Hygiene. Und wenn sie nun versuchte, ihre eigenen Regeln zu brechen und sich Eduardo ohne Mundschutz zu nähern, dann spürte er die ödipale Bedrohung des Inzestes. Den Verrat. Auf die phallischen Maßnahmen der Reinheit zu verzichten bedeutete nichts weniger, als ein für alle Mal die Leukämie zu töten, den Vater.

Diese psychoanalytische Interpretation führte Teresa zur

Schlussfolgerung, dass ihre Muttergefühle dem Jungen gegenüber, die sie schon oft mit ihrer Analytikerin erörtert hatte, Ergebnis der Gegenübertragung waren und für die psychische Heilung genutzt werden sollten. Teresa wünschte sich für Eduardo, dass es ihm gelänge, die Identifikation von Krebs und Vater aufzulösen, um dann dafür eine andere Figur einsetzen zu können, die geeignet wäre, ein gesundes Gefühlsleben zu führen, gleichermaßen auf familiärer wie auf sexueller Ebene.

«Das Problem ist», sagte Teresa auf der Couch, «dass ich nicht weiß, wie ich den Patienten davon überzeugen kann, dass es nicht mein Wunsch, ich spreche natürlich vom Übertragungsphänomen, dass es also nicht der Wunsch seiner Mutter ist, dass der Junge krank ist und all diese paranoiden Maßnahmen gegen die Ansteckung oder gegen die Rückkehr des Krebses befolgen soll. Ich kann es ihm zwar sagen, aber nicht auf der unbewussten Ebene. Jedenfalls nicht jetzt.»

Teresa hielt inne und überließ ihrer Analytikerin das Wort.

«Spürst du denn, dass es außer der Gegenübertragung noch etwas gibt, was es dir unmöglich macht?»

«Meine Angst ist nicht, dass ich ihn aus unerfüllter Mutterschaft mit Gefühlen überschütten wollte, das ist es nicht. Daran habe ich schon gearbeitet, stundenlang habe ich darüber geredet und gut, damit kann ich umgehen. Ich fühle mich mit diesem Patienten aber wie in einer Sackgasse, weil ich offenbar Teil des Systems bin, das ihn in der Leukämie verankert hält. Er weiß, dass ich mit Krebspatienten arbeite, dass ich Selbsthilfegruppen koordiniere, dass ich über meine Erfahrungen mit dem Brustkrebs geschrieben habe, dass ich selbst Brustkrebs hatte. Wie soll gerade ich, eine Psychoanalytikerin mit Spezialisierung auf Menschen mit Krebs, ihn davon überzeugen, dass er keinen Krebs hat? Das auf der einen

Seite, und andererseits: Wie soll ich ihn an jemand anderen überweisen, wenn es mich doch befriedigt, ihn zu sehen, er weckt Zuneigung in mir, er hellt meine Samstage auf, und außerdem bezahlt mich seine Mama jede Woche. Wie soll ich ihn davon überzeugen, dass ich nicht will, dass er weiterhin krank ist?»

«Wenn der Moment gekommen ist, die Analyse zu beenden, wird genau dieser Prozess ausgelöst werden», sagte die Analytikerin.

«Aber wann soll das sein?», fragte Teresa. «In zehn Jahren, wenn er nicht mehr zur Uni geht, wo er doch gerade jetzt so viele Möglichkeiten hätte, Leute seines Alters und mit seinen Interessen kennenzulernen? Die Universität ist ein sozialer Mixer, und anstatt das zu nutzen, leidet er an einem Gefühlschaos aus Abscheu und Libido, Angst und Neugier. Er braucht schneller etwas.»

«Vielleicht denkst du jetzt, dass die Lösung darin besteht, die Analyse aufzugeben und zu einer Verhaltenstherapie oder Gruppentherapie überzugehen, obwohl Therapie in der Gruppe für ihn gar nicht möglich wäre, aber gut, eine Verhaltenstherapie, die es ihm im Idealfall ermöglicht, sein Leben so schnell es geht zu genießen. Doch gerade in dieser Dringlichkeit, mit der er sich wohl fühlen soll, sehe ich einen projizierten Wunsch. Du bist diejenige, die es eilig damit hat, dass etwas passiert. Du hast mir nie gesagt, dass er Interesse daran zeigt, auf Partys zu gehen, mit den Kumpels auszugehen oder Ähnliches. Ich sehe hier eine Art Muttergefühl. Damit muss man aufpassen, denn Gegenübertragung kann alles sabotieren, was du bisher mit ihm erreicht hast.»

«Aber, was habe ich denn erreicht? Ich verstehe ja, dass meine Sorgen mütterlicher Art sind und was immer du meinst, und natürlich werde ich die Übertragung nicht zerstören, indem ich ihm das zeige. Wirklich Sorgen bereitet mir, dass diese symbolische enge Verbindung zwischen mir und dem Krebs, mit mir als Überlebender und als darauf spezialisierter Therapeutin, ihm nicht erlaubt, die Vorstellung zu überwinden, seine Mutter wünsche sich, dass er krank ist. Stell dir nur vor, wenn er samstags geht, trifft er manchmal auf meine Zwölf-Uhr-Patientin, eine Frau, die mitten in der Chemotherapie ist, die schon alle Haare verloren hat und am Stock geht. Wie soll er denn so den Krebs überwinden? Solange er zu mir kommt, bleibt er diesem Milieu verhaftet.»

«Willst du denn in diesem Milieu bleiben?»

«Ich schon. Aber er? Ich würde ihn gern an jemanden weitervermitteln, aber wenn ich das mache, wird er alles von vorne erzählen müssen, die Leukämie, die Transplantation, er wird diese Dinge noch einmal erleben, und das will ich nicht. Das wäre ein sehr negativer Rückschritt.»

Es entstand eine Pause, in der Teresa sich vorstellte, welche Folgen es hätte, Eduardo zu einem anderen Analytiker zu schicken, vielleicht zu einem Mann, mit dem er eine väterliche Beziehung aufbauen könnte.

Teresa schwieg. Sie wusste, worauf ihre Analytikerin hinauswollte: Sie wollte sie mit der Möglichkeit konfrontieren, dass die unbewusste psychische Struktur, die sie Eduardo zuschrieb, eigentlich ihre eigene psychische Struktur war und dass sie selbst in der Überzeugung lebte, dass die anderen von ihr ein Weiterleben mit dem Krebs erwarteten.

«Ich glaube, dass sich meine Patienten mit mir als Überlebender identifizieren wollen, und das ist das Wertvollste, was ich ihnen geben kann.»

«Überlebende?»

«Ich weiß schon», sagte Teresa, frustriert, weil sie nicht vorhergesehen hatte, was ihre Analytikerin denken würde, «dieses Wort. Aber es ist wichtig, diese Erfahrung nicht aus den Augen zu verlieren, denn auch wenn die Krankheit nicht unsere Identität definiert, so hat sie doch unseren Lebensweg verändert. Sicher ist der Krebs in meinem Leben ständig präsent, und ich bin der festen Überzeugung, dass ich mich mit ihm versöhnt habe, aber der Fall von Eduardo liegt ganz anders. Was ich sagen will, ist, ich glaube nicht, dass meine Interpretation seines Falles eine Übertragung ist. Seine Phobien sind ja wirklich da, seine Zwangsstörungen, seine Ängste, die Bedrohung durch das Reale, die Leukämie, die sich an sein Ego klammert. Wenn er etwas Neues ausprobieren könnte, Marihuana zum Beispiel, und diese von außen kommende Bewusstseinserweiterung erleben würde, wäre das sehr positiv. Ich kann es ihm nicht anbieten, ich werde nicht die Übertragung zerstören und alles den Bach runtergehen lassen, aber wenn vielleicht jemand von der Uni … keine Ahnung. Ich fände es wunderbar.»

Teresa unterbrach sich, als sie merkte, dass die Analytikerin schon ihre typische abschließende Haltung eingenommen hatte. Beide schwiegen. Teresa mochte die Sitzungen ohne festes Ende nicht, aber ihre Analytikerin schon, und sie hatte den Schnitt geschickt gesetzt. Sie verhinderte, dass Teresa weiter über Eduardos Fall theoretisierte, anstatt vertiefter auf ihre eigene konfliktreiche Beziehung zum Krebs einzugehen, auf dieses Andere, das nie aufgehört hatte, sie mit verborgenen Forderungen zu bedrängen.

Nach einer Minute wachsender Anspannung stand die Analytikerin auf und verabschiedete Teresa mit einem herzlichen Lächeln.

7

Ramón erwachte in einem Spinnennetz aus Kabeln und Sonden. Sein Bewusstsein fand sich Sinn für Sinn wieder ein, beim Gehör beginnend – ein merkwürdiges Sprudeln in der Kehle, das hohe und aufdringliche Klingeln irgendeines Apparates –, dann der Tastsinn – der Druck der Verbände, die seinen Kopf an der Halskrause fixierten – und das Sehvermögen – das weißliche Licht, graue Gardinen, die Hände wie tote Vögel auf das Bett gestürzt. Gerüche gab es nicht, weil die Luft nicht durch seine Nasenlöcher in den Körper kam, sondern durch einen Luftröhrenschnitt, an dem ein Beatmungsschlauch befestigt war. Auch Geschmack gab es keinen, denn das entsprechende Organ fehlte.

Während sein Gehirn langsam munter wurde, pumpte das Herz eine Mischung aus eigenem und fremdem Blut, das aus zwei Spendenbeuteln von einem Piloten und einer hyperrealistischen Malerin stammte. Die Lungen filterten gepanschte Luft aus einer Sauerstoffflasche, die Nieren bauten Narkosemittel ab, und die Bauchspeicheldrüse hielt Mittagsschlaf.

Ramón wollte blinzeln und öffnete zwei Stunden später die Augen. Carmela war bei ihm.

«Wie fühlst du dich?», fragte sie ganz leise.

Wie spät ist es?, dachte Ramón.

«Der Chirurg hat mir gesagt, dass es keine Komplikationen gab, und sie mussten nicht bis zum Kehlkopf vor. In ein paar Monaten kannst du wieder normal atmen. Das ist eine sehr gute Nachricht. Mateo und Pau sind mit Ernesto und Alicia draußen. Sie lassen dich herzlich grüßen und kommen morgen wieder, um dich zu sehen. Elodia war auch den ganzen Tag hier, aber ich habe sie schon nach Hause geschickt.»

Ramón achtete sehr genau auf die Art, wie Carmela sprach, und überhaupt nicht auf den Inhalt. Er war wie hypnotisiert vom Gestikulieren ihrer Lippen, von der Ausdehnung der Vokale, den Zisch- und Verschlusslauten, der Lautkette, dem stimmigen Zusammenspiel des Ganzen. Zwischen dem frenetischen Auf und Ab der Zähne erhaschte Ramón einen Blick auf die Zunge, feucht, aufgeregt, fleißig, sie wechselte ständig die Position, um, einen nach dem anderen, verschiedene Laute zu produzieren.

Er spürte einen Hauch von Wehmut. Wo mochte seine Zunge mittlerweile sein? In einer verschlossenen Tüte, einem Gefrierfach, einem Ofen? Er hatte schriftlich zugestimmt, dass man Proben entnähme, um sie im Nationalen Institut für Krebsforschung zu analysieren. Allem Anschein nach war sein Tumor außergewöhnlich und würde helfen, klinische Präzedenzfälle zu schaffen. Wenigstens dazu wäre er nutze. Außerdem waren sie nach dem *Allgemeinen Gesundheitsgesetz über den Umgang mit Organen, Geweben und menschlichen Leichen* dazu verpflichtet, seine Zunge einzuäschern, aber sie würden sie ihm nicht in einer Urne überreichen, wie man es üblicherweise in den Krematorien der Friedhöfe tat. Die Asche seiner Zunge, wo sie wohl hinkam? Vor vierzehn Tagen war es ihm überflüssig vorgekommen, danach zu fragen, aber nun bereute er, nicht darauf bestanden zu haben, dass sie ihm die Überreste aushändigten, so wenige es auch sein mochten.

Wenn er wieder in der Lage sein würde, seinen Willen schriftlich auszudrücken, wäre es sicher schon zu spät.

Carmela machte es sich neben ihm auf einem Klappsofa bequem und wünschte ihm eine gute Nacht. Es wurde aber keine. Bereitschaftsärzte und Krankenschwestern kamen und gingen, kontrollierten sein Krankenblatt, den Katheter, den Blutdruck, die Magensonde und das Beatmungsventil. Aber sie interagierten nicht mit ihm. Sie weckten ihn, das schon, sie betatschten ihn und taten ihm weh, aber sie baten ihn weder um Erlaubnis noch um Verzeihung. Sie gaben ihm mechanische Anweisungen – «Heben Sie den Arm», «Ausatmen», «Einatmen», «Öffnen Sie den Mund» –, sie warnten ihn – «Das tut gleich weh», «Ein Pikser», «Das brennt» –, sie fragten ihn – «Wie haben Sie geschlafen?», «Juckt der Katheter?», «Waren wir schon auf der Toilette?» –, aber die Antworten erwarteten sie von Carmela oder einem anderen, genaueren Stellvertreter: vom Thermometer, der Messskala am Urinbeutel oder der Nierenschale aus Metall, in die er den sich ansammelnden Speichel spie.

Die Nierenschale war Hauptdarsteller in einem schönen Durcheinander am Nachmittag des 31. Dezember, als Ramón und Mateo allein im Zimmer waren. Carmela und Paulina waren losgegangen, um Sandwichs und Getränke für den Silvesterabend zu besorgen. Mateo spielte mit eingestöpselten Kopfhörern Videospiele auf seinem Laptop, und Ramón nickte ein, während er im Fernsehen ein Melodram aus den Fünfzigern anschaute. Als er aus seinem Mittagsschlaf erwachte, war der Film schon vorbei und stattdessen lief eine peruanische Talkshow, in der es um die Lösung familiärer Konflikte ging: *Laura in Amerika*. Mateo lag noch auf dem Sofa, hatte seinem Vater den Rücken zugekehrt und gab im Rhythmus des Heavy Metal, der in seinen Ohren dröhnte, Schüsse aus seinem virtuellen Maschinengewehr ab. Im Fernsehen erschien eine winzige Frau: «Dieser Schuft hat geschworen, dass er nicht mit seiner Schwester in die Disco geht, aber dann kam er besoffen an, hat sie umarmt und angefasst, Señorita Laura!» Empört fragte die Moderatorin wie der Chorführer einer Tragödie von Sophokles: «Sie wollen mir sagen, dass Ihr Mann Sie mit seiner eigenen Schwester betrogen hat?» «So ist es, Señorita Laura.» In diesem Moment schrie die Moderatorin «Inzest!», und die betrogene Ehefrau begann, ihre Schwägerin und Rivalin mit Schlägen zu traktieren.

Ramón machte es wütend, dass das Fernsehen solche entwürdigenden Spektakel zeigte, durch die die Intelligenz abstumpft und Verderbtheit und Barbarei siegen. Er suchte nach der Fernbedienung, um den Sender zu wechseln, aber die lag auf dem Rollwägelchen, außerhalb seiner Reichweite. Er brauchte Mateos Hilfe, aber der war völlig in seinen Laptop versunken, taub für jedes von außen kommende Geräusch und blind für das Gefuchtel seines Vaters.

«Bringt den Ehemann rein!», kreischte Señorita Laura.

Als der auf der Bühne erschien, stürzten sich sowohl seine Ehefrau als auch seine Geliebte-Schwester auf ihn. Zwei apathische Ordner hielten sie zurück. Kaum hatte der Bösewicht Platz genommen, sagte die Moderatorin zu ihm: «Was Sie machen, das machen nicht mal die Viecher in Afrika, verstehen Sie? Nicht einmal die Viecher in Afrika.» Die Menge applaudierte.

Sich die Schimpfworte und Flüche vorzustellen, mit denen er seinen Sohn bedacht hätte, tröstete Ramón nicht. Er fing an, den Spucknapf, in dem eine Menge blutiger Speichel schwappte, gegen die Bettumrandung zu schlagen, in der vergeblichen Hoffnung, das Gehämmer würde Mateos Aufmerksamkeit erregen. Ramón hätte mit einem einfachen Knopfdruck eine Krankenschwester rufen können, aber es schien ihm absurd, das tun zu müssen, wenn sein Sohn, der bereits achtzehn Jahre alt und weiterhin das verzogene Hätschelkind seiner Mutter war, sich in kaum zwei Metern Entfernung aufhielt.

«Wer hat die Schuld an alldem? Wer hat diese lasterhafte Bande großgezogen? Bringt die Mutter herein!»

Moralisch verdorben von der peruanischen Wut der Talkshow, gab Ramón dem Impuls nach, die Nierenschale aus Metall auf den Boden zu werfen, um Mateo zu erschrecken; er zielte seitlich neben das Sofa. In der Luft verhielt sich die Schale wie ein übergewichtiger Bumerang, kreiselte und verteilte dabei nach links und rechts blutigen Schleim; sie fiel nicht auf den Boden, sondern traf den Kopf des Jungen genau am Scheitel, und der größte Teil ihres zähflüssigen Inhalts landete auf der Tastatur und dem Bildschirm. Mateo schnellte hoch wie eine Feder und drehte sich erschrocken zu seinem Vater um.

Ramón war ehrlich überrascht von der Flugbahn, auf die sein Arm – völlig unabhängig von seinen bewussten Absichten – die fliegende Nierenschale geschickt hatte. Man musste berücksichtigen, dass er Rechtshänder war, die Schale aber mit links hatte werfen müssen, weil die andere Hand durch den Venenkatheter lahmgelegt war. Entschuldige bitte, wiederholte er in seinem Inneren, das war keine Absicht, bestimmt nicht.

«Welche Art von Mutter lässt zu, dass ihre Kinder sich nackt sehen?», bohrte Señorita Laura weiter nach.

«Geht es dir gut?», fragte Mateo, dem sein blutiger Laptop mehr Sorgen bereitete als sein rekonvaleszenter Vater.

Da er keine Möglichkeit hatte, das Missverständnis auszuräumen, beschloss Ramón, es zu seinen Gunsten zu nutzen und vorzugeben, tatsächlich stechende Schmerzen in der Magengegend zu haben. Sein Sohn rief im Schwesternzimmer an und bat sie, eilig zu kommen, da es seinem Vater sehr schlechtginge. Señorita Laura und ihre Einpeitscher schrien sich im Fernsehen weiterhin heiser, aber Ramón beschloss, für den Augenblick nicht Partei in dieser Sache zu ergreifen.

Eine Krankenschwester kam zu ihm, und nachdem sie sich versichert hatte, dass die Magensonde richtig lag, erbat sie die Unterstützung eines Arztes, der so treffsicher war, den Fernseher genau in dem Moment auszuschalten, als die inzestuöse Schwester ihren Bruder als Weichei beschimpfte.

«Hat er erbrochen?», fragte der Arzt mit Blick auf den Boden voller Koagel.

«Nein», sagte Mateo, «uns ist der Teller mit der Spucke runtergefallen.»

«Es kommt gleich jemand zum Wischen», sagte die Krankenschwester freundlich.

Der Arzt horchte sorgfältig den Thorax des Patienten ab und kam zu dem Schluss, der Schmerz könne von einer bedeutungslosen Darmkolik ausgelöst worden sein. Währenddessen schloss sich Mateo mit seinem Laptop im Bad ein und säuberte ihn penibel mit Toilettenpapier.

Als sie wieder alleine waren, entschuldigte sich Mateo bei seinem Vater dafür, dass er nicht aufmerksamer gewesen war. Ramón, der sich ebenfalls schämte, verzieh ihm mit einem Lächeln und vergab auch sich selbst mit dem Gedanken, dass es unter den gegebenen Umständen nicht so schwer wog, wenn seine Aggression ungestraft bliebe.

Der Wutanfall hatte seinen Hunger geweckt, der während der vergangenen Wochen Winterschlaf gehalten hatte. Die Bauchfettreserven waren praktisch abgeschmolzen, und die nahrhaften Shakes, die sie ihm über eine Sonde verabreichten, waren nicht so kalorienreich wie die Bohneneintöpfe, Schnitzel und Maisgetränke, die vorher seine üblichen Fressgelage bestimmt hatten. Nie wieder würde er das saftige Fleisch eines Brathähnchens genießen, die komplexe Schärfe eines *Mole*-Gerichts, die sanfte Süße des Puddings. Das waren große Verluste, unwiederbringlich. Es schien ihm unmöglich, diese Geschmäcker heraufzubeschwören, und so blieb ihm nicht einmal der Trost der Erinnerung. Die Objekte seiner Sehnsucht hatten keine Eigenschaften mehr. Was für traurige und tiefe Gedächtnislücken.

Carmela und Paulina kamen mit Tüten voller Fertigessen zurück und beschwerten sich über die langen Schlangen im Einkaufszentrum und den Verkehr auf den Straßen.

«Und wie war es bei euch?», fragte Carmela.

«Sehr gut», antwortete Mateo, «wir haben ferngesehen.»

«Ach so?», hakte Carmela argwöhnisch nach.

Die beschämende Szene des Nachmittags zu vertuschen lag auch in Ramóns Interesse, weshalb er die Version seines Sohnes mit einer ernsten Geste bestätigte.

«Wie schön. Wir haben jedenfalls Russischen Salat und Kabeljaubrötchen mitgebracht. Mal sehen, wie die schmecken.»

Kabeljau: noch ein verlorener Genuss.

Um Mitternacht feierte Ramón mit einem Schluck kalten Wassers den Beginn des neuen Jahres.

8

So zart, sanft und verspielt sie auch auf die Welt kommen, am Ende werden alle Onkologen Melancholiker. Kein anderer Facharzt, nicht einmal der Forensiker, unterhält eine so enge Bindung zum Unglück. Die Seele des Onkologen entzieht sich, um nicht zu verderben. Bittet ihn ein unheilbarer Patient um einen Krümel Hoffnung, so kann ihm der Arzt keine Lügen zu essen geben, denn er hat nicht barmherzig zu sein, sondern professionell.

Was für eine Berufung ist die Onkologie, welche Art von Vergeltung oder Entschädigung verspricht diese Spezialisierung? Welche Wege führen zu einer solch schattigen Ausrichtung, Verkünderin des Unglücks, Verwalterin grausamer Behandlungen und tödlicher Medikamente? Wenn man das Gesicht eines Onkologen betrachtet, ist es wichtig, sich zu erinnern, dass es darin eine Ursache gibt, einen Beweggrund, ein unbewusstes Trauma, masochistisches Heldentum, makabre Neugier; vielleicht auch den Wunsch, dem Vater nachzueifern, ihn zu töten oder ihm zu gefallen oder seinen Facharzt in einem Hospital für Reiche zu absolvieren. Das Sprechzimmer eines Onkologen ist der Tatort eines psychologischen Verbrechens: Hinter den Zeugnissen, die die Wände zieren, verbergen sich lichtscheue Motive.

Der melancholische Doktor hat eine sterile Haut und

ein gefrorenes Herz. Die Wärme der Patienten haucht ihm kein Leben ein, aber manchmal weckt ein hitziger Krebs, ein beeindruckender Tumor, ein einsamer Tiger seinen Jagdinstinkt.

Aldama nahm den Hörer ab und rief Luis Ramírez an, einen Pathologen am Nationalen Institut für Krebsforschung. Vor vierzehn Tagen hatte er ihn gebeten, ihm einen persönlichen Gefallen zu tun und die Proben des Sarkoms zu untersuchen, das er gerade operiert hatte. Aldama mochte Ramírez' vulgäre Extrovertiertheit nicht, aber er war auf ihn zugegangen, weil er ein Virtuose war, wenn es darum ging, geheimnisvolles Gewebe zu bestimmen und das zu verstehen, was er die «bekloppte Idiosynkrasie der Zellen» nannte.

«Hast du eine Biopsie an Godzilla gemacht oder was ist los?», fragte Ramírez.

«Ich fand es von Anfang an auffällig», antwortete Aldama, «und ich bin sehr gespannt, was du davon hältst.»

«Als ich es unters Mikroskop gelegt habe, sagte ich mir erst: Diese Idioten haben die Proben vertauscht. Ich habe neue anfertigen lassen aus dem, was du mir geschickt hast, und wie ich sie wieder angucke – ja, Scheißkerl, sag ich mir, ein pädiatrisches alveoläres Sarkom.»

«Aber hast du das Alter des Patienten gesehen?», unterbrach ihn Aldama.

«Klar! Bist du denn verrückt, sag ich mir, so etwas kriegt nicht einmal Chabelo.»

«Hier bestehen sie darauf, dass es ein Rundzellensarkom ist.»

«Hör zu, diese verblödeten feinen Herren aus Harvard sollen sich damit begnügen, Blut abzunehmen, zu mehr taugen die nicht. Das ist ein alveoläres Rhabdomyosarkom wie aus dem Lehrbuch, will sagen, als wäre der Typ gerade mal zwei Jahre alt.»

«Aber er ist fünfzig, Luis, und es gibt keine familiäre Vorbelastung und keine nachgewiesenen Mutagene in der Anamnese. Er ist ein Anwalt hier aus der Region. Ich kann mir das nicht erklären …»

«Ich auch nicht. Aber wenn wir herausfinden, wie das kommen konnte, dann gehe ich mal schwer davon aus, dass sie uns den Lasker- oder den Nobelpreis geben.»

«Na ja, das nun nicht gerade.»

«Warum nicht?», entgegnete Ramírez mit spöttischer Entrüstung, «wann hast du so was schon mal gesehen? Dir ist schon klar, was man mit einer adulten Zelle machen kann, die sich wie eine aus dem Kindergarten verhält? Die Quelle ewiger Jugend, Meister.»

«Es fällt mir schwer, diese Dinge zu glauben.»

«Aber du wirst jetzt nicht abstreiten, dass das sehr merkwürdig ist. Ist dein Patient eine Schwuchtel?»

«Er hat kein Aids, wenn du das meinst.»

«Nein», sagte Ramírez, «aber es sieht ganz so aus, als hätte er Supermans radioaktiven Schwanz gelutscht.»

Ramírez' Gelächter über seinen eigenen Witz überdeckte Aldamas peinliches Schweigen. Es verblüffte Aldama immer wieder, dass ein so hervorragender Pathologe gleichzeitig ein solcher Rüpel war.

«Mich würde interessieren», setzte er wieder an, als der Pathologe aufhörte zu lachen, «ob du es für sinnvoll hältst, ein genetisches Profil zu erstellen, um die Mutationen zu erfassen.»

«Aber sicher doch. Diese Zellen müssen sich bekennen. Ich versichere dir, dass sie Genfusionen von PAX7 mit

FOXO1 aufweisen, fette Translokationen in KRAS, NRAS, dem FGFR4 und anderen verfluchten Zungenbrechern. Aber wenn sie irgendwelche Fürze im Gen PAX3 haben, das PAX7 ist eher wurscht, aber jedenfalls bei Kindern führt sich das PAX3 unmöglich auf.»

«Bedauerlicherweise», sagte Aldama, «lässt der Klinikalltag nicht zu, in der Onkogenetik auf dem neusten Stand zu sein. Wenn du mich in dieser Sache unterstützen könntest und mir hilfst, die für diesen Fall einschlägigen Studien zu finden, wäre ich dir sehr dankbar.»

«Wenn du mir grünes Licht gibst», antwortete Ramírez, «rede ich mit Juan Delgado, der ist Genetiker an der Universität, ein guter Mann. Ich sage ihm, Juan, wir haben hier eine Schlampe von Zellstamm, lass uns daraus eine Kultur züchten und sie untersuchen. Dann finden wir bestimmt einen Haufen anormaler Onkogene für einen Artikel, der es auf den Titel der *Cancer* schafft, Alter.»

«Du glaubst, es handelt sich um etwas in diesen Ausmaßen?», fragte Aldama nach, etwas skeptisch angesichts des Enthusiasmus des Pathologen.

«Die teilen sich wie verrückt, aber hübsch ordentlich, sie sortieren sich, bilden Blutgefäße und blockieren oder ersticken einander nicht. Wie eine Stampede. Die sind wie alte Dramaqueens, aber japanische Dramaqueens, schön ordentlich. Und die Frage ist, wie schaffen sie es, so ein Drama zu veranstalten, ohne zu stolpern? Drück ich mich klar aus?»

Zum ersten Mal in seiner öden, aus normalen Diagnosen und Behandlungen bestehenden Laufbahn forderte ein Rätsel Joaquín Aldama heraus: Wie war ein so aggressiver kindlicher Tumor in der Zunge eines erwachsenen Mannes entstanden? Das war so abwegig wie Mariachi-Rhythmen in einer Bach-

Partitur. Welche ungewöhnlichen Mutationen lösten ihn aus, welche Risikofaktoren förderten seine Entstehung? Er würde bei der Zusammenstellung der adjuvanten Chemotherapie besonders umsichtig vorgehen müssen.

Aldama stellte sich vor, seinen Namen in den prestigeträchtigsten Zeitschriften gedruckt zu sehen, für meisterhafte Vorträge eingeladen zu werden und in Boston, London und Paris zu unterrichten. Er roch schon den Ruhm dafür, die Ursachen für ein Sarkom herausgefunden zu haben, das noch merkwürdiger war als dasjenige, das Hugo Chávez vernichtet hatte, den er für die auslösende maligne Zelle jenes populistischen Tumors hielt, der Venezuela die Luft abschnürte. Die Klassenideologie Aldamas beruhte auf einer vagen physiologischen Analogie: Wenn es im Körper keine Hierarchien gäbe, wenn alle Zellen die gleichen Privilegien genießen würden, wären wir keine intelligenten Säuger, sondern Schwämme im Meer. Deshalb musste man aufsässige Zellen ausmerzen, das meuternde Fleisch aus dem Gewebe des sozialen Organismus entfernen. Wie war in diesem schwierigen Fall vorzugehen? Den Tumor hatte er schon herausgeschnitten, wie auch das ihn umgebende Gewebe, aber die Zellen konnten sich weiterhin in No-go-Areas des Lymphsystems versteckt halten. Wenn du eine Sarkommetastase wärst, wo würdest du dich verstecken? Natürlich in den Lymphknoten im Hals, aber da schien sie nicht zu sein. Sie könnte in die Luftröhre gegangen sein, in die heimelige Schilddrüse, in die Augenhöhle. Aber in die Zunge, wieso dorthin? Nachdem der Kiefer- und Gesichtschirurg sie aus der Mundhöhle geholt hatte und die Zunge, von der eine orangerote Mischung aus Blut und Speichel tropfte, auf einem Stahlblech lag, betrachtete Aldama sie befremdet, als würde es sich um eine Molluske handeln, um eine außergewöhnliche Nacktschnecke, der Anatomie des Menschen fremd. Das Auge, die Hand, der Penis, sogar die Bauchspeicheldrüse hat eine typisch menschliche Identität, aber die Zunge ist ein exzentrisches und vielseitiges Organ; die Zunge ist eine Künstlerin, Geschmackspapst, Naschkatze, Ausruferin und Tratschtante.

In der fetalen Phase muss es einen Rhabdomyoblasten gegeben haben, der nie herangereift ist, fast ein halbes Jahrhundert lang hat er faul und zurückgezogen in der Zunge des Patienten gelebt. Warum hat er sich geweigert, Muskelarbeiter zu werden, wie hat er das geschafft und wie oft hat er sich geteilt, bevor er eine Tumorzelle wurde? Um das herauszufinden, musste sich Aldama auf den Stand der Dinge bringen und, zum ersten Mal überhaupt, mit einem Team aus Forschern im medizinischen Labor zusammenarbeiten. Ramírez hatte ihn überzeugt, dass sie etwas sehr Außergewöhnliches und Wertvolles finden würden, würdig, es vor der internationalen Forschungsgemeinschaft zu präsentieren.

In der Zwischenzeit musste er sicherstellen, dass der Patient eine ausreichend lange Überlebensrate hatte, um noch als Objekt exhaustiver DNA-Studien zu dienen. Sobald er sich von der Glossektomie erholt hätte, wollte Aldama eine verwegene adjuvante Chemotherapie beginnen. Er würde ihn mit einer Hingabe behandeln, wie er sie zuvor nur für Lorena Galván gezeigt hatte, einer jungen Frau von umwerfender Schönheit, die vor zwanzig Jahren in seine Praxis gekommen war. Ihre Dermatologin war eine Kommilitonin Aldamas und hatte sie an ihn überwiesen, damit er das Aussehen eines Leberflecks beurteilte, der auf ihrem linken Knöchel erschienen war und dessen Form immer mehr dem Estadio Jalisco ähnelte. Rund um dieses amorphe Ding erstreckte sich ein wollüstiger Kontinent, Trillionen von Zellen zusammengebracht auf einem hyperrealistischen Gemälde der Parvati, der sinnlichsten Göttin aller Mythologien. Ihr Gesicht war nächtlich und katzenartig, ihr Körper ein Cocktail aus Amphetaminen und ihre Stimme ein Hexenfeuer.

Aldama tastete seine Patienten immer mit apathischen und ruhigen Händen ab, aber als sie auf diese von tropischer Sonne gebräunten Beine trafen, zitterten sie. Wäre sein Arztkittel nicht so weit gewesen, hätte seine Hose eine peinliche Schwellung gezeigt. Am Ende eines langsamen Aufstiegs stieß Aldama auf etwas Ernstes: geschwollene Lymphknoten in der Leistenbeuge. Der Arzt musste sich doppelt anstrengen, um sein Glühen und seine Überraschung zu verbergen: Melanom mit makroskopischer Ausbreitung der Kategorie M1 mit ausgesprochen schlechter Prognose.

Als er wieder hinter seinem Schreibtisch saß, vervollständigte Aldama die Akte der Patientin mit unnötigen Fragen, die er nur zu dem Zweck formulierte, ihre Anwesenheit in seiner Praxis zu verlängern. Warmherzig und väterlich, ganz anders, als es sonst seine Art war, beendete er die Sprechstunde mit einem in die Länge gezogenen Streicheln ihrer Schultern und falschen Worten der Ermutigung.

Zu ihrem nächsten Termin kam Lorena in Begleitung ihres Verlobten, eines gutaussehenden, geleckten Juniors, der zwei Monate später das Versprechen der Ehe unter dem Vorwand löste, er liebe sie zu sehr, um sie derart leiden zu sehen. Lorena war durch diesen Bruch am Boden zerstört, und von diesem Moment an nahm ihr Verfall an Fahrt auf, genau wie Aldamas persönliches Bemühen um sie, dessen Zuwendungen so weit gingen, dass er sie zu Hause aufsuchte, um ihr

Medikamente zu spritzen, die er ihr auch als Pillen hätte verschreiben können.

Die Leidenschaft warf all seine Meinungen und Prinzipien über den Haufen. Er ging von Offenheit zu Verstellung über, von Ehrlichkeit zu Betrug, von der distanzierten Untersuchung zum unbegründeten Betatschen, von der Verachtung von Tattoos zur versunkenen Betrachtung der Rose, die Lorenas Rücken zierte, und der Schwalbe, die halb verborgen vom Saum ihrer Unterhose auf ihrer Taille flog. Aldama wollte den Nektar dieser Rose befreien, die Schwalbe fangen, sanft den Vogel in das Nest der Verderbtheit setzen. Es erregte ihn sogar, wenn seine Patientin vor Schmerzen stöhnte. Bedrückt von Schuld und Scham erwog er, sie an einen anständigen Kollegen zu überweisen, am besten an eine blinde Onkologin, die nicht der gleichen Verirrung anheimfallen würde wie er.

Das einzige Gegenmittel gegen die lasterhaften Gedanken war seine Musikschwärmerei, insbesondere für die Werke Bachs. Kein anderer Komponist schaffte es, ihn von Lorena abzulenken. Zu Hause zog er sich in sein Arbeitszimmer zurück und gönnte sich wenigstens eine Stunde lang Fugen, Kantaten, Kontrapunkte. Er schaute zu, wie sich die Vinylscheiben auf dem Plattenteller drehten, und die spiralförmige Umlaufbahn der Nadel, die in das stille Zentrum des musikalischen Universums zog, hypnotisierte ihn.

Obwohl Joaquín Aldama früh zum Atheismus konvertiert war, bewohnten ihn spirituelle Geister. In der Schule der Maristen-Ordensbrüder hatte er gelernt, dass das Fleisch schwach ist und der Feind des Geistes. Man musste es bekämpfen, mit Beharrlichkeit und Entbehrungen, mit Medikamenten und dem Skalpell. War seine Fachrichtung nicht auch ein Kampf gegen die destruktiven Kräfte des Fleisches?

Er glaubte das. Aldama fehlte das Heilige, er ersehnte es. Ihn dürstete es nach Ritualen und Transzendenz, Opfer und Kommunion; die Musik spendete ihm Trost und Milde.

Und was war das potenteste Mittel gegen die Lüsternheit? *Die Kunst der Fuge*, am Cembalo interpretiert. Der antiquierte Klang dieses Instruments erschuf eine geometrische Atmosphäre, die ihn fern von sich selbst aufsteigen ließ, bis hin in eine Region, wo sich die Form in unmenschlicher Perfektion entblößt. Die B-Seite der Platte drei, Stück vierzehn. Die drei Themen dieser Fuge versetzten ihn in Ekstase. Kurz vor Takt 170 wurde Aldama von einer schnellen Figur der höchsten Melodie fortgerissen. Sein Körper erbebte auf eine Art, die in ihrer Heftigkeit und Kürze nur einem Orgasmus vergleichbar war. Bach hatte die Niederschrift dieses Kontrapunktes noch nicht vollendet, als er starb. In Takt 239 kollabiert die Musik, die Luft steht still, ein Vogel zerschmettert an einer transparenten Wand, ein ums andere Mal. Diese Pause zwischen der Musik und dem Geräusch, dieser unerschöpfliche Augenblick war das Meisterwerk des Kantors. Aldama hatte schon oft den Grabesgesang eines Elektrokardiographen auf einer toten Brust gehört, doch so hatte der Tod nie geklungen. Er war hier.

Eines Nachts, während er ein Konzert von Ravel mit zweifach gemalztem Whisky verkostete, rief ihn Lorenas Vater an. Obwohl sie wegen der Schmerzmittel im Koma lag, wand sich seine Tochter vor Schmerzen. Aldama machte sich in größter Eile auf den Weg zu ihr. Ein Adrenalinschub hatte sein vergiftetes Bewusstsein wieder aufgeklart. Er fand sie zwischen zerwühlten Laken vor, gequält. Er schaute ihre schon blauen Nägel an, ihre Lippen, die noch fleischfarben waren. Er verabreichte ihr ein endgültiges Beruhigungsmittel und verließ den Raum. Voller Wehmut streichelte er jeden Buchstaben ihres Namens auf dem ärztlichen Totenschein.

Von dieser Begegnung blieb ihm für immer ein Geschmack nach Essig im Mund zurück. Die Jahre und die Kinder kamen und gingen, die Platten und Konzerte, die Patienten und Schüler, die Geliebten und Enkel. Er alterte sanft, bis ihn Ramóns Fall mit seinen Herausforderungen aufrüttelte.

«Wie ist deine Ente?», fragte ihn seine Frau während eines Abendessens zur Feier eines Jahrestages in einem Luxusrestaurant.

Aldama war abgelenkt, er dachte an die möglichen Konsequenzen, die eine Verwendung von Doxorubicin oder Cisplatin in der Chemotherapie haben könnte. Er wollte Methotrexat dazunehmen, wusste aber nicht, wie es mit den anderen Substanzen interagieren würde.

«Entschuldige?», sagte er.

«Wie ist deine Ente?», wiederholte sie.

«Sehr gut», sagte er wenig überzeugend. Er hatte gerade eine neue Studie über die Anwendung von hochdosiertem Interferon bei Kindern und Jugendlichen mit Rhabdomyosarkom gelesen, aber er war mit diesem Medikament nicht vertraut und hatte Bedenken, ob die Verwendung in dieser Phase nicht verfrüht wäre.

«Und dein Gericht?»

«Köstlich», sagte sie begeistert. «Es ist so zart, fast wie Butter.»

Schweigend setzten sie ihre Mahlzeit fort.

9

Nach vierzehn kostspieligen Tagen im Krankenhaus kam Ramón für die Rekonvaleszenz wieder nach Hause. Seine Pflege wurde Elodia übertragen. Carmela, die seit vielen Jahren nicht mehr als Anwältin gearbeitet hatte, wurde Interimsleiterin von Martínez & Partner, wo sie und zwei junge Rechtsreferendare sowie eine Sekretärin mit einer Ausbildung aus Zeiten der Schreibmaschine damit beschäftigt waren, die wenigen Fälle, die Ramón nicht anderen Kollegen übertragen hatte, zu einem guten Ende zu bringen. Es ging um wenig anspruchsvolle Rechtsstreitigkeiten: Forderungen an säumige Mieter, die Ausarbeitung von Kaufverträgen, Einsprüche gegen überzogene Strafen.

Während sich Carmela in die juristische Sachlage einarbeitete, nahm Elodia bei einer Nachbarin, die senile Alte betreut hatte, Intensivkurse in Krankenpflege. Sie lernte, einer Papaya Injektionen zu verabreichen, Blutdruck zu messen und bei Verstopfung Darmmassagen anzuwenden. Ihre wichtigste Mission bestand darin, die von Ramóns Ernährungsberaterin ausgearbeitete Diät umzusetzen. Zum Frühstück musste sie ihm einen barocken Shake zubereiten: zwei Eiweiß, eine Tasse Milch, eine halbe Banane, drei Viertel eines Apfels, hundert Gramm gekochte Haferflocken und fünfzig Gramm Mango. Sie stellte die Zutaten auf dem Tisch bereit, maß die

Mengen mit alchimistischem Eifer ab, verglich die Portionen mit dem Rezept, indem sie sie laut aussprach, und dann gab sie eine nach der anderen in den Mixer.

«Señora», fragte sie, «darf ich ihm Kaktusfeige geben? Das ist gut für die Venen.»

«Wir dürfen nicht improvisieren. Folgen Sie haargenau dem, was das Rezept angibt.»

«Und wo nehme ich Mangos her?»

«Gibt es denn auf dem Markt keine?»

«Erst im April kriegen sie welche; und nur, wenn es regnet.»

«Im Supermarkt gibt es immer welche, schreib sie mir auf die Liste.»

Das vorrangige Ziel bestand darin, den Rechtsanwalt vor Beginn der Chemotherapie aufzupäppeln.

«Soll ich Ihnen noch einen Shake bringen?», nötigte ihn Elodia. «Haben Sie Ihren Joghurt schon aufgegessen?»

Außerdem musste man ihn vor Infektionen schützen. Elodia verdoppelte ihre Anstrengungen beim Hausputz. Sie schrubbte das Geschirr mit Zorn, wusch die Handtücher zweimal, übertrieb es mit dem Chlor auf den Fußböden und mit dem Staubsauger auf den Teppichen. Ramón floh in die nach Schwimmbad stinkenden Bäder, um dem elektrischen Getöse zu entkommen, mit dem die toten Hautpartikel von den Teppichen gesaugt wurden, die Erde, die mit den Schuhen hereinkam, die minimale Erosion, durch die sich die Mauern des Hauses nach und nach abnutzten.

Die Arbeit Elodias verdreifachte sich, während sich ihr Gehalt verringerte. Die Martínez verschuldeten sich bei ihr, und sie akzeptierte jeden Freitag, ohne zu murren, die verminderte Zahlung. Sie beschwerte sich nicht, im Gegenteil, sie arbeitete zufriedener, seit Ramón seine Tage zu Hause verbrachte und sich, ihrer Geschwätzigkeit ausgeliefert, erholte.

«Jetzt, wo Sie mehr Sachen essen können», fing sie an, während sie die Bücherregale im Arbeitszimmer abstaubte, «mache ich Ihnen ein Püree aus *Chilaquiles*. Ich lasse die Tortilla-Chips einfach in der Soße liegen, und sie zerfallen dann ganz von alleine. Sie werden sehen, wie lecker das ist.» – Elodia war nicht klar, dass Ramón bei der Glossektomie seinen Geschmackssinn verloren hatte. – «Außerdem habe ich gelernt, was Chili für Eigenschaften hat. Eine Tante von mir hat das Gleiche gehabt wie Sie, aber in der Gebärmutter. Sie haben angefangen, sie zu spritzen, und ihr ist der Hunger vergangen. Also haben sie gesagt, sie soll gemahlenen Chili auf die Stelle tun, wo der Tumor war, damit sie den ausschwitzt. Ich lüge Sie nicht an. Nach drei Monaten war sie gesund. Sehen Sie, mir ist mal eine Warze am Ellbogen gewachsen. Ich habe Knoblauch mit Chili draufgetan. Eine wunderbare Medizin.»

Elodias Monologe hüllten ihn ein wie eine geschmeidige Hintergrundmusik. Ramón hielt lange Siestas, was dann zu schlaflosen, unruhigen Nächten mit Schmerzen im Mund und Finanzsorgen führte. Um sich abzulenken, ging er hinunter ins Arbeitszimmer und schaute, was die Parabolantenne zu diesen Stunden einfing: archaische Fernsehserien, Softpornos, protestantische Predigten und Werbespots, fast alle auf Spanisch synchronisiert.

Was ihm an diesem traurigen Fernsehangebot am meisten gefiel, war ein Werbespot, der ein japanisches Messerset namens «Takemitzu» anpries. Es handelte sich um ein Meisterwerk des Potpourris: In dem Spot traten ein als Samurai verkleideter Chinese und eine wasserstoffgebleichte Blondine auf, deren Schürze aus einem Sexshop zu stammen schien. Um die Schärfe und Vielseitigkeit der Messer vorzuführen, zerschnitt der Chinese unter anderem einen Tennisball, ein enzyklopädisches Wörterbuch und einen tiefgefrorenen Truthahn.

«Das ist unglaublich, John Li», rief die Frau mit einem so starren Lächeln, dass sie wie eine Bauchrednerin aussah, «nie hätte ich gedacht, dass ein Messer so etwas schafft! Aber … weißt du was? Immer wenn ich eine Ananas schneiden will, bleibt mir das Messer stecken oder rutscht weg. Einmal hab ich mir fast den Finger abgeschnitten! Was soll ich tun, John, glaubst du, dass die Takemitzu-Messer mit ihrer japanischen Hochtechnologie mir helfen können?»

Es folgte der Teil, den Ramón am liebsten mochte: Der chinesische Samurai bat die Blondine, eine Ananas zu nehmen und sie ihm wie einen Football zuzuwerfen.

«Ist das dein Ernst, John?»

Als einzige Antwort griff sich der Chinese das Filetmesser wie einen Baseballschläger. Schüchtern warf die Blondine die Ananas, und im Flug zerteilte sie John Li der Länge nach. Die Kamera fokussierte auf eine der beiden perfekten Hälften, die zu Boden fielen. Ramón rührte diese Heldentat, die den Applaus vom Band verdient hatte.

Wenn er innerhalb der nächsten fünf Minuten angerufen hätte, hätte Ramón außer der fünfzehn professionellen Messer auch einen Sparschäler und ein japanisches Kochbuch bekommen. Trotz seiner vollkommenen Hilflosigkeit in der Küche und seines Hasses auf japanisches Essen wollte er die Takemitzu-Messer kaufen und sie für so absurde Aufgaben wie die im Werbespot verwenden. Er stellte sich vor, wie er mit dem Messer zum Roastbeef-Schneiden durchs Haus streifte und nur zum Spaß Sachen zerteilte. Er hätte wenigstens die Hälfte der dekorativen Kissen gevierteilt, mit denen Carmela die Sessel im Wohnzimmer bedeckt hatte und die es unmöglich machten, sich gemütlich hinzusetzen. Er hätte die Ölgemälde aufgeschlitzt, die das Esszimmer schmückten, bukolische Landschaften, die das Haus seiner Schwiegereltern geziert hatten und in denen Ramón das Symbol einer Bourgeoisie sah, die sich das Paradies als einen Ort vorstellte, zu dem Dunkelhäutigen wie ihm der Zutritt verwehrt war. Mit dem Messer für Fisch und Meeresfrüchte hätte Ramón seinem Bruder einen Schrecken eingejagt, nur ein kleiner Schnitt auf der Höhe der Halsschlagader. Bei seinem letzten Besuch hatte Ernesto ihm vorgeschlagen, das Haus zu verkaufen und in eine Wohnung zu ziehen, um die Kosten zu verringern. Auf diese plumpe Art übte der Magnat von Unimex Druck aus, damit sein Bruder seine Schulden bei ihm so schnell wie möglich beglich.

«Du sitzt hier auf einer Goldmine, nur drei Blöcke von der Avenida Insurgentes entfernt. Schau mal, wir reden mit einem Typen vom Club, der einen guten Draht zur Stadtverwaltung hat, und wir bitten ihn, dass er uns mit einer Baugenehmigung hilft, für was immer du willst, zehn Stockwerke, Büros, Läden, Puff. Die Baufirmen werden es dir aus den Händen reißen. Die geben dir die Kohle *cash*, und du zahlst in aller Seelenruhe deine Rechnungen, suchst dir irgendwo eine Wohnung, alles *easy*.»

Ramón beeindruckte die Taktlosigkeit seines Bruders. War er wirklich ein talentierter Geschäftsmann oder handelte es sich nur um einen Blödmann mit besonders viel Glück? Er erinnerte sich daran, wie er als Kind komplexe Schlachten zwischen seinen Zinnsoldaten entworfen hatte, die von gefeierten Generälen der Geschichte angeführt wurden, während Ernesto über die Dachterrasse kroch und die Geräusche der Tauben nachmachte. «Du bist so dumm», hatte er unzählige Male zu seinem kleinen Bruder gesagt, und jetzt schuldete der brillante Militärstratege dem Dummkopf mehr als eine Million Pesos.

Der einzige Trost, den Ramón in diesen Monaten fand, war, dass es Doktor Aldama trotz seiner distanzierten Art und seines unsympathischen Wesens gelungen war, ihn am Nationalen Institut für Krebsforschung unterzubringen, wo die Chemotherapie und die Untersuchungen für ihn kostenlos waren. Als Zeichen seiner Dankbarkeit für diesen Akt der Großzügigkeit wollte ihm Ramón ein schönes Geschenk machen, eine Flasche Cognac oder, besser noch, einen Satz Takemitzu-Messer. Als sie seinen Vorschlag las, erinnerte ihn Carmela daran, dass die Kreditkarten bis zum Anschlag belastet waren und sie mit den mageren Einkünften aus der Kanzlei kaum bis Monatsende kämen. Das Dankesgeschenk würde warten müssen.

Der erste Chemotherapie-Zyklus wurde Ende Februar durchgeführt, mit gemäßigten Dosen des Trios Vincristin-Actinomycin-Cyclophosphamid, einem Klassiker der alten Garde. Aldama bediente sich einer militärischen Metapher, um Ramón und Carmela zu erklären, dass er sich für die Verwendung von Medikamenten der Infanterie entschieden hatte, solange es nicht notwendig wäre, auf die motorisierte Kavallerie zurückzugreifen.

Der zweite Zyklus, der schon Ifosfamid und Interferon beinhaltete, fing dann an, das Schlachtfeld zu zerstören. Ramón verlor büschelweise Haare, er war kaltschwitzig, ihm brannten alle Körperöffnungen. Er fühlte sich elend, wenn er sich Schals und Mützen überzog und Tropfen in die Augen, Creme auf die Lippen, Salbe auf den Anus gab. Er schämte sich vor sich selbst, dass er diese Dinge tat, die seiner Meinung nach typisch für Alte oder für Sodomiten waren. Und das Gewicht seiner Schulden lag schwer auf seiner Brust. Es gab keine Möglichkeit, sie zu begleichen, ohne seinen Erbteil zu verlieren: das Haus, in dem er nun verwelkte. Ein Gebäude von dreihundert Quadratmetern in einem Wohnviertel, alles, was er zu vererben hatte.

Da es keine Bösewichte mehr zu verurteilen gab, verachtete er sich selbst. Ich tauge zu nichts mehr, schlussfolgerte er, wenn der Nebel der Chemotherapie seinen Geist trübte, während er die Dokumente zu lesen versuchte, die Carmela ihm zur Bestätigung vorlegte. Er täuschte lieber eine Migräne vor, als zuzugeben, dass ihm nicht klar war, von welchem Mandanten sie sprach oder auf welches Verfahren sie sich bezog.

Deshalb spielte er mit dem Gedanken, sich umzubringen. Ein Schuss in den Gaumen, ein sicheres Adiós. Wer ihn am meisten vermissen würde, wäre Paulina, seine liebevolle und empfindsame Tochter, die sich zu ihm setzte, um mit ihm fernzuschauen und Kekse zu essen. «Soll ich dir ein paar Kekse einweichen?» Ihre hilfsbereite Zuneigung war ein Trost und gleichzeitig eine bittere Erinnerung an sein Unvermögen. Wenn er der Qual ein Ende setzte, musste er sichergehen, dass Carmela nicht das Haus verkaufte, um die Schulden zu bezahlen. Wie könnte das gehen? Seine Ehe war eine Zugewinngemeinschaft. Ergo musste er sich scheiden lassen und ihr ihren Teil des gemeinsamen Besitzes überlassen, sodass nach seinem Tod keine juristische Verantwortung ihrerseits für die Gläubiger des Verblichenen bestünde. Auf Betreiben seines geizigen Bruders hatte Ramón einen Schuldschein über eine Million Pesos unterschrieben. Also gut. Was würde bei einem Suizid des Schuldners als Nächstes passieren? Das, was dieser undankbare Scheißkerl von Anfang an vorgeschlagen hatte: der Verkauf seines Hauses. Leider hatte sich aber der Verblichene von der Schuldnerin scheiden lassen, bevor er sich den Schädel wegpustete, und hatte ihr notariell beglaubigt und ohne Einschränkungen die Rechte am Haus übertragen, in dem sie ihren Wohnsitz hatte. In Konsequenz starb der Schuldner ohne pfändbares Eigentum. Fick dich, du Arsch.

«Und nun, warum so zufrieden?», fragte ihn Carmela.

Wir werden uns scheiden lassen, dachte Ramón, überwältigt von der Gewissheit seines Planes. Carmela hatte ihm ein Notizheft gekauft, in das er seine Nachrichten schreiben konnte, aber Ramón erinnerte sich fast nie daran, wo er es hingelegt hatte, weshalb er auf lose Zettel zurückgreifen musste, um sich mitzuteilen. Er nahm eine Stromrechnung und schrieb:

Um alle Eventualitäten zu vermeiden, will ich dir den Teil des Hauses, der mir zusteht, übertragen. Ich will das auf deinen Namen beurkunden lassen.

«Denk nicht dran. Deine Behandlung ist nur, um ganz sicherzugehen. Der Arzt hat uns gesagt: Jetzt muss man sich keine Sorgen machen. Das Haus gehört uns und wird einmal unseren Kindern gehören. Warum sollten wir das alles machen?»

Ich will nicht, dass Ernesto euch was antut. Wenn mir was zustößt und ich ihn nicht bezahle, will ich nicht, dass er euch übers Ohr haut. Der bringt das fertig!

«Denk bitte nicht mehr daran. Ich hab dir schon gesagt, und ich wiederhole mich da, dass wir uns keine Sorgen machen sollen, und wenn wir zehn Jahre brauchen, egal. Und eh wir uns versehen, haben wir schon alles abbezahlt.»

Ramón konnte an nichts anderes mehr denken. Er wollte nicht bezahlen. Seit er aus reinem Zufall an Krebs erkrankt war, seit er den Gebrauch der Worte verloren hatte, merkte er auch, dass er keine Person des Rechts mehr war, dass ihn die Verpflichtungen des Gesetzes nichts mehr angingen. Weder hatte er sich aus Spaß verschuldet noch hatte Ernesto sein Vermögen ehrlich angehäuft. Gerecht, wenn auch so nicht zu vertreten, wäre es, wenn Ernesto die medizinischen Ausgaben seines Bruders übernehmen würde. War er dazu nicht freiwillig bereit, würde Ramón ihn mit seinem Tod dazu zwingen. Er würde sich nicht aus Kreditgründen umbringen, wie es so viele feige Verschuldete in der Krise von 94 gemacht hatten: Er ginge aus Würde und aus Rücksicht auf seine Familie, die diese Bürde, mit einem Invaliden zusammenzuwohnen, nicht verdient hatte.

Schwör mir, ihn nicht zu bezahlen, wenn ich weg bin, schrieb Ramón flehentlich.

«Du bist so stur», sagte Carmela.

Am nächsten Abend versammelte sie die Kinder in der Küche und sagte zu ihnen:

«Wir müssen mehr auf Papa achten. Ich finde, er ist sehr deprimiert.»

Mateo fühlte sich schuldig, weil er seinen Vater nicht häufiger aufsuchte, aber was er schon vor der Krankheit unangenehm gefunden hatte, war ihm jetzt unerträglich. Die expansive Persönlichkeit seines Vaters hatte sich in ein schwarzes Loch verwandelt, das die gesamte Energie aus seinem

Umfeld absorbierte. Deshalb, dachte er, aß Paulina so viel, um die Kräfte wiederzuerlangen, die das Zusammenleben mit ihrem Vater sie kostete. Mateo hatte immer angenommen, dass sein Vater ihn verachtete, weil er so anders war als er, so schüchtern, so grau.

«Wir sollten eine Geburtstagsparty für ihn geben», schlug Paulina voller Elan vor.

«Aber das wird Papa nicht wollen», meinte Mateo.

«Dann müssen wir ihn überzeugen», sagte Carmela, die sich bewusst war, dass diese Feier die letzte sein würde. «Was für eine gute Idee, Pau.»

Carmela drehte sich zum Kühlschrank und sah Sankt Peregrinus in die Augen. Der Heilige wirkte zufrieden.

10

Nachdem er zwei Wochen nicht zur Therapie erschienen war, kam Eduardo mit Mundschutz zu Teresa. Er war an Bronchitis erkrankt.

«Meine Mutter ist schuld. Sie hat mir einen Virus aus ihrem Büro mitgebracht, in dem es wie in einem mittelalterlichen Waisenhaus zugeht. Sie kennen keine Seife. Ich habe sie tausendmal darum gebeten, sich die Hände zu waschen, wenn sie nach Hause kommt, sich nicht ins Gesicht zu fassen, das antibakterielle Gel zu benutzen, das ich ihr gekauft habe.»

Eduardo hatte in seinen Diskurs die typischen Strukturen einer kastrierenden Mutter integriert.

«Als sie anfing zu husten, habe ich sie gebeten, in ein Hotel zu gehen. Sie ist ausgeflippt. Ich habe versucht, ihr zu erklären, dass sich die Wahrscheinlichkeit einer Ansteckung um achtzig Prozent verringert, wenn sie aufhört, sich mit den Händen ins Gesicht zu fassen. Es ist so einfach, aber sie macht es nicht. Und natürlich hat sie mich angesteckt. Ah, und sie sagt, dass sie gar keine Grippe hatte, dass das nur eine Allergie gegen Kälte ist. Na klar, wo hat sie bitte das mit der Allergie gegen Kälte her? Eine Allergie ist eine Reaktion …»

Teresa war abgelenkt und hörte Eduardo nicht mehr zu. Sie hatte den irrationalen Wunsch, ihn zu unterbrechen und mit der zwingenden Notwendigkeit zu konfrontieren, dass er versuchen musste, aus diesem neurotischen Gefängnis zu entkommen, aber Eduardo redete ohne Unterlass und streichelte die aufs sorgfältigste gereinigten Gitterstäbe seiner Zelle. Und sie? War ihr Haus mit der alles dominierenden psychoanalytischen Praxis und der geheimen Marihuana-Plantage etwa kein Gefängnis? In der analytischen und psychotropen Behandlung von Krebspatienten hatte sie ihren Lebenszweck gefunden, aber diese Mission implizierte, dass ihre Tage von einer ungesunden Menge Leiden erfüllt waren. Sollte sie Urlaub nehmen? Ihre Sprechstunden ausfallen zu lassen könnte sich verheerend auf ihr psychisches Gleichgewicht auswirken. Sie wollte nicht zu den Depressionen zurückkehren, unter denen sie als Jugendliche gelitten hatte, als sie eine Zigarette nach der anderen rauchte und Schlaftabletten wie Smarties schluckte. In gewisser Weise hatte der Krebs sie vor ihrer angeborenen Traurigkeit gerettet; er hatte sie dazu gebracht, medizinisches Marihuana zu probieren, sich in einer Selbsthilfegruppe anzumelden, ganze Tage im Bett zu verbringen, wo sie Bücher von Yourcenar, Butler, Roudinesco las; dank des Krebses hatte sie Rebeca kennengelernt, ihre beste Freundin, und dank des Krebses hatte sie ihre Berufung gefunden.

Währenddessen wetterte Eduardo immer noch gegen seine Mutter.

«Alle fünf Minuten sagt sie mir, ich soll nicht übertreiben. Die ganze Woche hat sie gesagt, ich soll in die Uni gehen, dass schon nichts passieren wird, aber gerade jetzt ist das Risiko, dem ich mich aussetzen würde, ja am allergrößten. Außerdem denke ich auch an die anderen. Selbst wenn ich mich wieder fast gut fühle, bin ich eine Virenschleuder. Die Krankheit hat sich evolutionär so entwickelt, dass sie am ansteckendsten ist, bevor und nachdem der Wirt Symptome zeigt.»

Eduardo hatte einen Anfall von psychosomatischem Husten.

«Was glaubst du, wann du wieder zum Unterricht gehen kannst?», fragte ihn Teresa.

«Am Montag. Vielleicht.»

Teresa schwieg. Eduardo fuhr fort.

«Ich glaube, ich werde zum Online-Studium wechseln.»

«Du hattest mir doch gesagt, die Qualität sei viel schlechter.»

«Schon, aber was bringt es mir, an der Fakultät eingeschrieben zu sein, wenn ich so oft fehlen muss. In diesem Semester bin ich in allen Fächern hinterher.»

«Kann Emilia dir nicht dabei helfen, wieder auf den neusten Stand zu kommen?»

Teresa merkte es sofort: Sie hatte den Text einer übergriffigen Mutter gesprochen. Sie war seine Analytikerin, aber ihr Unterbewusstsein weigerte sich, das zu akzeptieren.

Eduardo brauchte lange, um zu antworten. Teresa konnte nicht fassen, wie ungeschickt sie gewesen war. Es hatte schon seinen Grund, warum die Lacan'sche Schule überlebte; sie war die einzige, die nicht zuließ, dass ihre Anhänger gestanden, wie ordinär der Geist des Analytikers ist, wie leicht vom Patienten zu beeinflussen und wie schnell er zur Projektionsfläche der eigenen Wünsche und Ängste wird.

«So leicht bin ich zu durchschauen?», fragte Eduardo genervt.

«Wieso», sagte Teresa, die sich wieder gefasst hatte.

In diesem Moment wurde Eduardo zu einem ganz normalen Jungen, der von einer Kommilitonin besessen war, von der er nichts weiter kannte als ihr Aussehen, ihre scharfsinnigen Kommentare und die etwas steife Art, mit der sie sich vor drei Monaten an ihn gewandt hatte, um ihn um seine Aufzeichnungen zu bitten. Es gab allerdings noch einen Aspekt, einen psychischen Köder: Emilia gab zur Begrüßung keine Küsschen; Eduardo hatte ihr Sozialverhalten vor und nach dem Unterricht genau beobachtet, in den Gängen und Seminarräumen und im Hof der Fakultät: Wenn sich ihr jemand näherte, um sie mit einem Kuss zu begrüßen, hielt sie ihn mit ausgestrecktem Arm und offener Handfläche auf, höflich und distanziert und mit einem antarktischen Lächeln. Eduardo wusste nicht, ob dieses lobenswerte Verhalten hygienische Gründe hatte – phobische, genauer gesagt –, so wie bei ihm, oder ob es ein plumper Ausdruck von Rebellion war, ihre Art, Missfallen gegenüber gesellschaftlichen Konventionen auszudrücken.

Verzweifelt wälzte sich Eduardo auf der Couch hin und her, während er sprach, brachte dabei seine Decke durcheinander und beschmutzte sie mit dem Dreck seiner Schuhsohlen. Teresa war unschlüssig, ob sie weiter analysierend die Abgründe seiner Psyche ergründen oder lieber die Rolle einer Kupplerin übernehmen und ihm praktische Tipps geben sollte, wie er das Mädchen erobern könnte. Wenn Eduardo sich dazu durchrang, ihr den Hof zu machen, und scheiterte, dann könnte dieser Rückschlag seine neurotische Abwehrhaltung verhärten und die frauenfeindliche Bombe scharfstellen, die in allen unbefriedigten Männern schlummerte.

«Was meinst du?», fragte er Teresa.

«Was willst du tun?», gab sie zurück. Die Stunde war fast vorbei.

«Ich weiß nicht. Am schlimmsten wäre es, wenn ich rausfinde, dass sie Mormonin ist und nicht mit Küsschen grüßt, weil es Sünde ist oder weil sie Angst hat, davon schwanger zu werden.»

«Glaubst du, das ist der Grund?»

«Nein, sie ist wirklich total schlau. Aber ich weiß halt nicht, wie ich mich ihr nähern soll.»

«Was denkst du, sollen wir nächste Woche weitermachen?»

Eduardo erhob sich von der Couch, packte seine Decke in eine Plastiktüte, setzte sich den Mundschutz auf und ging.

11

Als er an seinem Geburtstag aufwachte, konnte sich Ramón noch nicht vorstellen, dass er am Ende dieses Freitags in zwei Verstöße gegen das Strafgesetzbuch verwickelt sein würde. Der erste wurde von Elodia begangen, die an diesem Tag in Begleitung eines *Amazona oratrix* zur Arbeit kam, einer vom Aussterben bedrohten Papageienart, mit der jeder Handel nach Paragraph 420, Abschnitt IV und V des staatlichen Strafgesetzbuches verboten war.

«Das sind die Morgenstündchen, von denen König David sang, und weil heute dein Festtag ist, singen wir für dich …» Mit einem Kanarienvogelkäfig, in dem sich auf einer dünnen Stange ein räudiger Papagei mit gelbem Kopf und dreckigen Krallen krümmte, betrat sie singend das Arbeitszimmer, in dem Ramón fernsah. «Schauen Sie, was ich für Sie zum Geburtstag habe», sagte sie und hielt den Käfig in die Höhe, als wäre er eine Kriegstrophäe.

Sie stellte den Käfig auf den Schreibtisch. Es war ein junges Männchen, dem das schlechte Leben auf dem Markt von Sonora übel mitgespielt hatte. Der arme Vogel war katatonisch aufgrund des Stresses, dem er ausgesetzt war, als er eine Stunde lang verkrampft neben Elodia im Bus gehockt hatte. Außerdem wirkte er krank und unterernährt. Ramón war dieser Sittich von trauriger Gestalt sofort sympathisch.

Elodia jubelte: «Sie haben mir gesagt, dass er sehr viel redet, und darum habe ich ihn ausgesucht.» Aus dem Käfig stieg der Geruch von Zeitungspapier und gammeligen Tomaten. «Wir bringen ihm bei, dass er mich ruft, wenn Sie etwas brauchen.»

Die Idee war völlig verdreht, hatten doch Papageien, anders als Hunde, nie als *Lazarillos* fungiert. Ein Hund konnte einen Blinden führen, aber ein Papagei konnte nicht der Sprecher eines Stummen sein. Trotz der Absurdität des Geschenkes war Ramón dankbar. Dass der Handel mit Papageien verboten war, war ihm ziemlich egal. Jeden Tag wurden ihm die guten Absichten der Gesetze ein wenig gleichgültiger.

«Ich habe ihm schon gesagt, wie ich heiße», sagte Elodia und wandte sich dem Papagei zu. «Sag: Elodia! E! Lo! Di! A!, Elodia! Oder sollen wir ihm besser beibringen, mich ‹Elo› zu nennen, wie das Mädchen?»

Ramón schloss die Augen und tat die Frage mit einem Schulterzucken ab.

«Aber er gefällt Ihnen doch?», fragte Elodia, die ihre gesamten Ersparnisse für den Vogel ausgegeben hatte.

Ramóns Zustimmung war ehrlich. Der Papagei schien wesentlich mehr Intelligenz zu besitzen, als in einen so kleinen Kopf passen sollte. Seine großen Pupillen musterten die Welt misstrauisch. Ramón fühlte sich geschmeichelt von dem Interesse, mit dem der Papagei ihn ansah.

«Sie haben mir gesagt, dass der Sittich noch jung und in der Mauser ist, darum fehlen ihm Federn, und er ist verletzt vom vielen Spielen. Aber er wird wieder.»

Ramón hatte seine Zweifel. Vielleicht litt der Vogel wie er an einer zerstörerischen Krankheit. Die nackte Brust und die blutigen Krallen konnten Folge einer furchtbaren tierärztlichen Chemotherapie sein. Der Käfig war winzig wie ein Krankenhausbett, und der Trinknapf ausgetrocknet. Ramón kannte die barbarische Qual des rekonvaleszenten Durstes. Er öffnete das Käfigtürchen und nahm den leeren Plastiknapf heraus. Der Papagei blieb auf seiner Stange.

«Sehen Sie nur», rief Elodia überrascht, «wie sehr er Sie mag. Ich musste mir die Hand einwickeln, damit dieser böse Kerl mich nicht beißt.»

Ramón gab ihr den Napf, damit Elodia ihn in der Küche auffüllte. Er blieb mit dem Papagei allein. Um das Eis zu brechen, sagte er ihm im Geist: Du siehst fast so übel aus wie ich.

Als Carmela geduscht hatte und zum Frühstück herunterkam, fand sie im Arbeitszimmer einen leprösen Papagei vor.

«Wo kommt denn dieser Sittich her?», fragte sie entsetzt, als sie die Küche betrat.

«Das ist das Geschenk, das ich dem Anwalt gemacht habe», sagte Elodia stolz.

Ramón war guter Laune und gerade dabei, seinen zweiten Shake an diesem Morgen auszutrinken.

«Ach, Elodia, wie schade», antwortete Carmela, «aber der Arzt hat uns gesagt, wir dürfen keine Haustiere halten, solange Ramón in Behandlung ist. Sie können ihm Krankheiten übertragen. Er scheint krank zu sein», sagte sie energisch, «er sieht aus, als wäre er überfahren worden.»

Ramón empfand diesen letzten Satz seiner Frau als Anspielung auf sich. Andererseits glaubte er nicht, dass ein Papagei als Haustier zählte. Haustiere waren Säugetiere, die sich den Hintern ableckten und an den Exkrementen anderer Haustiere schnupperten; Haustiere waren Katzen, die die Angewohnheit hatten, Möbel zu zerkratzen und ihr Territorium mit Urin zu markieren. Ein Papagei war vielmehr ein Ziervogel, eher den Blumenvasen verwandt als mit Hunden, Katzen oder Hamstern, diesen gruseligen Nagetieren, die Paulina als kleines Mädchen gezüchtet hatte, bis einer von ihnen Babys bekam und ein anderer sie auffraß.

«Wenn Sie möchten, bringe ich ihn zum Tierarzt», sagte Elodia in Verteidigungshaltung, «um zu schauen, ob er krank ist.»

«Es geht nicht darum, ob er krank ist, aber Ramóns Abwehrkräfte sind sehr geschwächt, und jede Kleinigkeit kann ihn angreifen. Darum», sagte sie, indem sie sich zu ihm umdrehte, «wirst du das Arbeitszimmer nicht betreten, bevor hier nicht gesaugt und gelüftet wurde.»

Ramón fuchtelte ein vernichtendes «Bah!»; Carmela schloss mit einer Anweisung an das Hausmädchen: «Wenn Sie ihn dann bitte auf den Innenhof bringen würden, jetzt gleich?»

Elodia gehorchte verstimmt. Auch Ramón verbarg seinen Zorn nicht.

«Auf keinen Fall», zog Carmela den Schlussstrich unter die Diskussion, «es tut mir sehr leid für Sie, aber das Risiko können wir nicht eingehen. Hör mal, heute Nachmittag werden Elodia und Paulina für deine Party kochen. Du gehst hoch in dein Zimmer, damit es eine Überraschung wird, okay?»

Ramón war gegen diese Party gewesen, die in Anbetracht der geringen Zahl möglicher Gäste eher ein intimes Abendessen mit Ernestos Familie und einem befreundeten Pärchen war, mit dem sie ein paarmal im Jahr ausgingen. Da Ramón hundert Prozent seiner sozialen Energie auf seine Mandanten verwendet hatte, waren ihm nach und nach alle engen Freunde verlorengegangen. Nach der Operation war Carlos der einzige gewesen, der ehrliches Interesse an Ramóns Gesundheitszustand gezeigt hatte.

Carmela setzte sich neben Ramón und stürzte sich auf den Obstteller, den Elodia ihr jeden Morgen zubereitete. Wenig später kam Elodia durch die Tür, die zum Innenhof führte, wieder in die Küche.

«Ich habe ihn schon nach draußen gestellt. Wie kalt ihm ist, dem armen Kerl.»

Ramón würde unter keinen Umständen zulassen, dass Elodia mit dem Papagei wieder fortginge. Durch das Verstummen hatte er gelernt, seine Argumente reifen zu lassen, bevor er sich die Mühe machte, Papier und Feder zu suchen, um sie auszudrücken. Er würde warten, bis Carmela aus der Kanzlei zurückkäme, um sie dann mit seinem unumstößlichen Entschluss zu konfrontieren, dieses so sympathische wie absurde Geschenk zu behalten.

Gegen Mittag ging Ramón zum ersten Mal seit Wochen in den Hof hinaus. Der Käfig stand auf dem Gartentisch, ein rundes Trumm aus Gusseisen, darüber war ein ausgeblichener Sonnenschirm gespannt. Der Papagei saß auf seiner Stange. Die gebeugte Haltung ließ ihn unterwürfig erscheinen, als würde er sich dafür schämen, wie übel zugerichtet er aussah.

Ramón zog einen der schweren Stühle heran, die um den Tisch herumstanden, und setzte sich. Er näherte eine Hand den Gitterstäben, und der Papagei flatterte auf, entschlossen, sich zu verteidigen. Hey, reg dich nicht auf. Zwischen den scharfkantigen Teilen seines Schnabels hatte der Papagei eine dunkle und wulstige Zunge.

Du siehst aus wie ein Benito, dachte Ramón, ich werde dich Benito Juárez nennen, wie den Verdienstvollen. Das war ein wahrer Vater der Nation, nicht wie Hidalgo oder Morelos, die streitsüchtigen Priester, oder der Depp Madero, dieser reiche Junge aus Coahuila, der gerne mit den Toten redete. Juárez war pragmatisch und wusste, dass dieses Land vorankommen musste. Er hat alle Gesetze reformiert, mit den Sonderrechten für Klerus und Armee aufgeräumt, er hat vieles erreicht. Das war eine Revolution, nicht dieses Durcheinander, das die Caudillos gegen Díaz angezettelt haben. Jetzt beschimpfen sie Juárez als Vaterlandsverräter, aber wenn er sich nicht mit den Gringos verbündet hätte, dann hätten sich die Europäer das Land geschnappt. Was hättest du gemacht? Er war ein verwegener Typ. Stell dir nur vor, dass in dieser Zeit ein Zapoteke Präsident geworden ist! Ich sag's noch mal, der hatte Eier. Andere beschweren sich darüber, dass er Maximilian erschießen ließ, aber was zum Geier sollte er denn mit jemandem machen, der sich den Titel des Kaisers von Mexiko anmaßt? Ihn eine Strafe zahlen lassen? Die Leute haben doch keinen blassen Schimmer, was Regieren bedeutet.

Der Papagei interessierte sich für diesen Menschen, der ihn, anders als alle anderen, die er kannte, nicht mit Geräuschen und Gesten bedrängte. Sein zurückhaltender Blick und sein vollkommenes Schweigen waren tröstlich. Nach und nach entspannte sich der Papagei zwischen den Büschen und Blumenkübeln in diesem Hof. Und als er sich an die Gegenwart Ramóns gewöhnt hatte, gab er seiner guten Laune mit einem der Wörter Ausdruck, die er kannte: «Scheißkerl!», rief er mit greller und verschnupfter Stimme, «Scheißkerl!»

Ramón brach zum ersten Mal, seit der Tumor die Bühne betreten hatte, in Gelächter aus. Das mutierte Geräusch, das er ausstieß, ähnelte eher dem revierverteidigenden Knurren eines Seelöwen als einem menschlichen Ausdruck der Freude.

Der Papagei antwortete: «Verarsch mich nicht!»

Ramón lachte immer noch. Der Papagei unterstrich seine Überraschung gegenüber der unerwarteten Reaktion seines Gefährten: «Verarsch mich nicht!»

Elodia wusste nicht, dass der Papagei auf dem Markt ein großes Repertoire an ordinären Ausdrücken gelernt hatte. Als sie die Schreie hörte, beugte sie sich aus dem Küchenfenster und sah, wie sich Ramón auf seinem Stuhl krümmte. Höchst erschrocken eilte sie zu ihm.

«Señor! Was haben Sie?»

Ramón wedelte mit einer Hand in der Luft, um ihre Sorgen zu vertreiben. Es ging ihm gut, tatsächlich ging es ihm besser denn je, seitdem er die Fähigkeit verloren hatte, genau diese Dinge zu sagen, die der Vogel nun herausschrie.

«Schwuuuchtel!», ergänzte der in diesem Moment.

«Sei still, Dummkopf!», sagte Elodia zu ihm. «Wenn dich die Señora hört, wirft sie uns beide raus.»

Ramón ging ins Haus und nach oben, um zu duschen. Er war glänzender Laune. Er konnte sich sogar ohne zu schaudern im Spiegel anschauen, bevor er unter die Dusche trat, den heißen Wasserstrahl eine gute Weile genoss und sich sorgfältig wusch, um diesen Krankengeruch loszuwerden, von dem seine Haut getränkt war. Mit den Fingern kämmte er die paar Flusen, die ihm auf dem Kopf geblieben waren. Er rasierte sich einen metaphysischen Bart und trug überreichlich Creme auf. Da seine Kleidung ihm nun zehn Nummern zu groß war, zog er Kleider an, die er seit seiner Jugend aufbewahrt hatte, als das Samstagnachtfieber noch nicht ausgemerzt worden war. Er gratulierte sich selbst dafür, diese Hemden und Hosen, die Carmela schon so oft an ein Heim für Geisteskranke hatte spenden wollen, stets verteidigt zu haben.

Als er angezogen war, blickte er noch einmal in den Spiegel, und dieses Mal sah er in seiner jugendlichen Aufmachung noch ausgemergelter aus als sonst, die Wangen waren eingefallen und die Augen lagen tief in veilchenblauen Höhlen. Wie eine Mumie aus Guanajuato sah er aus. Er stellte sich vor, wie sich seine Geburtstagsgäste vor seinem Gesicht gruseln würden. Er bedauerte sehr, dass seine Familie und insbesondere seine Tochter sich so viel Mühe mit der Vorbereitung dieser Feier gemacht hatten. Was konnte er tun, um sie abzublasen? Er dachte kurz daran, eine Ohnmacht vorzutäuschen. Das Risiko bestünde darin, dass Carmela einen Krankenwagen rufen könnte, der ihn dann in die Notaufnahme der Privatklinik bringen würde, wo ein Team von Geiern nur darauf aus war, ihm noch mehr Geld abzunehmen, und zu diesem Zweck am Ende auch noch einen Schwangerschaftstest bei ihm machen würden. Er phantasierte von einer Flucht. Er würde das Auto nehmen und in einem Fünf-Sterne-Hotel einchecken, wo sie ihn nicht finden könnten; er würde ihnen dann eine Nachricht schicken, dass sie sich keine Sorgen um ihn zu machen brauchten. Er würde sich in den Whirlpool setzen, Zimmerservice bestellen, einen Porno einschalten, ohne Carmelas Schnarchen tief und fest schlafen, runtergehen, um sich über das Frühstücksbuffet herzumachen, er würde die Pantoffeln klauen, die Seifen, die Shampoo-Fläschchen. Elodias Rufe machten seine Freuden zunichte.

«Señor! Ihr Shake ist fertig!»

Kaum waren Mateo und Paulina aus der Schule zurück, drängte Elodia sie, auf den Hof zu gehen und sich das Geschenk anzuschauen, das sie dem Anwalt gemacht hatte; sie hatte vor, die Kinder dafür zu rekrutieren, sich bei ihrer Mutter für den Verbleib des Vogels im Haus einzusetzen.

Der Papagei empfing sie misstrauisch. Er schien an seiner Stange festgewachsen zu sein und sagte kein einziges Schimpfwort. Mateo bemerkte: «Wie hässlich», und Paulina: «Wie schrecklich.» Keiner der beiden zeigte sich begeistert. Paulina fragte, was es zu essen gebe.

«Nudelsuppe und gebratene Hühnerbrust», sagte Elodia, die ihre Gleichgültigkeit dem Vogel gegenüber traurig stimmte. «Ich hatte viele Rennereien heute, weil ich das Haus für das Abendessen vorbereiten musste.»

«Wann bereiten wir den Nachtisch vor?», fragte Paulina.

«Gleich, sobald ihr aufgegessen habt.»

Während die Jugendlichen ihre Suppe aßen, setzte sich Elodia weiter für den Papagei ein.

«Wenn ihr gesehen hättet, wie sich euer Papa über den Sittich gefreut hat. Schade nur, dass eure Mama sagt, dass er nicht hierbleiben kann. Das hat euren Papa sehr traurig gemacht. Bei mir zu Hause hatten wir Hühner, Truthähne, Hunde. Die sind überall hingelaufen. Einmal haben wir für Sankt Bartolo eine Wutz großgezogen.»

«Was ist das?»

«Ein sehr wundertätiger Heiliger, ein Schüler Jesu.»

«Nein, die Wutz.»

«Ah, das ist ein Schwein, es stimmt aber nicht, dass sie dreckig sind, sie haben nur eine sehr trockene Haut. Aber sie fressen wirklich alles, sogar das, was wir auf dem Klo machen …»

«Igitt, Elo», sagte Paulina.

«Komm schon, erzähl uns, was passiert ist», sagte Mateo.

«Ah ja, wir haben sie also für das Fest fett werden lassen, und dann fing es an zu hageln, aber so heftig, die Hagelkörner waren so groß wie Guayabas. Wir hatten Angst, dass der Hagel uns die Wutz tötet, und wir haben sie ins Haus gebracht. Da war sie ganz brav, stellt euch einen Hund vor, so. Wir haben sie gestreichelt und keiner ist krank geworden. Meint ihr wirklich, mit einem Vögelchen soll es schlimmer sein?»

«Ich check das mal im Internet», sagte Paulina. «Aber so richtig geil ist es nicht. Mein Papa ist superschwach.»

«Ja, schon», sagte Elodia entmutigt. «Aber guck nach, mal sehen, was da steht.»

Als Carmela nach Hause kam, war das Essen fertig – Möhrencremesuppe, Rinderhack und Schokoladenpudding: weiche Gerichte, die Ramón ohne größere Schwierigkeiten essen konnte – und der Tisch war gedeckt: Kristallgläser, pompöses Besteck, Stoffservietten, Porzellangeschirr. Bei ihrer raschen Inspektion stellte Carmela fest, dass das Fleisch noch nicht ganz durch war, die Soße sehr flüssig und der Pudding zu cremig; die zahllosen Fingerabdrücke auf den Gläsern sollten für eine Anklage wegen Grapscherei reichen, die arroganten Messer kehrten den Tellern den Rücken zu, die durch ihren langen Aufenthalt in der Vitrine eingestaubt waren.

Ramón kam dazu, als sie gerade das Besteck neu arrangierte. Er überreichte ihr eine Nachricht, in der er umständlich die Gründe darlegte, weshalb er sich dafür entschieden hatte, den Papagei zu behalten. An erster Stelle hielt er es für eine Unhöflichkeit «gegenüber unserer treuen Hilfe in unserem Heim», den Vogel zurückzugeben. Des Weiteren meinte er, man könne die Pflege des Tieres den Kindern übertragen und «auf diese Weise ihr Verantwortungsbewusstsein und ihr Pflichtgefühl stärken, was für ihre Erziehung so wichtig ist». Schließlich nahm er an, dass die Verkäufer des Papageis seine Rückgabe nicht akzeptieren würden, weshalb der Vogel letztlich unter jämmerlichen Bedingungen bei Elodia leben würde: «Es ist tausendmal besser, dass wir ihn hier haben, wo wir uns selbst versichern können, dass er gesund und sauber bleibt, als dass das arme Tier bei Elodia zu Hause erkrankt, die nicht die Mittel hat, ihn zu unterhalten, und so könnte er mich dann letztendlich über ihre Person tatsächlich mit einer Krankheit anstecken, die weit gefährlicher ist.» Ramón unterschlug den Hauptgrund, warum er den Papagei behalten wollte – er hatte ihn gern –, weil ihm das eines erwachsenen Mannes unwürdig erschien.

Anstatt Carmela zu erweichen, bestärkte der Brief sie nur in ihrer Entschlossenheit. Sie antwortete ihm flüsternd, damit Elodia sie in der Küche nicht hörte.

«Wir bezahlen ihn ihr, wenn sie ihn nicht zurückgeben kann. Sollen ihre Kinder ihn behalten oder sie ihn an jemanden verschenken, der ihn haben will.» Ich will ihn, dachte Ramón. «Wenn sie beleidigt ist, tut es mir sehr leid, aber wir werden uns keinem Risiko aussetzen, nur um dem Mädchen einen Gefallen zu tun. So weit kommt's noch.»

Fragen wir den Doktor um Rat und entscheiden danach, schrieb Ramón mit versöhnlicher Schrift; die Stummheit milderte seine autoritären Impulse.

«Einverstanden, wir fragen ihn, aber erst mal muss sie ihn mitnehmen. Ich habe Angst, dass er dich mit irgendwas infiziert.»

Er soll draußen bleiben.

«Der Vogel sieht krank aus.» Und ich nicht? «Warum zeigst du auf dich? Das hat nichts miteinander zu tun. Außerdem, wer soll am Wochenende auf ihn aufpassen? Ich werde nicht riskieren, dass er uns beißt.» Ramón machte sich daran, einen weiteren Einwand zu schreiben. «Hör auf, mit mir zu diskutieren, bitte, wir sind sehr spät dran. Wenn der Doktor uns die Erlaubnis gibt, sagen wir Elo, sie soll ihn wieder herbringen.»

Wie ermüdend war eine Diskussion ohne das natürliche Recht zu antworten. Ramón gab sich geschlagen. Um nicht Zeuge der Abreise des Papageis zu werden, ging er hoch und schloss sich in seinem Zimmer ein.

Er betrachtete sich erneut im Spiegel: Sein Gesicht erweckte Mitleid und Abscheu. Er identifizierte sich mit den Überlebenden der Konzentrationslager der Nazis, die außerhalb der Baracken fotografiert worden waren, neben Gruben voller Leichen, ausgezehrte und verwirrte Überlebende; er wusste, wie unermesslich der Unterschied war, aber er bekam dieses absurde Gefühl nicht aus dem Kopf, zu sein wie sie, gefangen wie sie, gespenstisch.

Carmela unterbrach seine narzisstische Folter.

«Sobald ich mich fertig geschminkt habe, muss ich noch mal los und mehr Tomatensoße kaufen. Ich hoffe, ich habe noch die Zeit.»

Sie setzte sich an ihren Toilettentisch und begann sich die Augen zu umranden. Als er sah, wie Carmela sich mit dem Kajal verwandelte, hatte Ramón einen Geistesblitz: Die Schminke könnte sein leichenhaftes Aussehen vertuschen. Sollte er seinen fünfzigsten Geburtstag mit einem Akt der Travestie feiern? Wenn nur die Gäste sein gräuliches Gesicht nicht sähen, nicht die schwarzen Augenringe, nicht die eingefallenen Wangen, wenn sie beim Anblick seines Gesichts keinen Ekel empfänden und kein Mitleid wegen seines Zustandes, dafür wäre Ramón bereit, in dieser Nacht sein Selbstbild des überlegenen Machos, der die weiblichen Gebräuche und Gepflogenheiten geringschätzt, zu verleugnen. Er nahm sein Notizheft. Er öffnete es an der Stelle, wo er die Argumente für den Papagei aufgeschrieben hatte. Er blätterte um und starrte ins Leere. Seine Worte sollten keine Angst ausdrücken oder, schlimmer noch, Affektiertheit. Wäre es möglich, sie zu bitten, ihn zu schminken, ohne dabei seine Männlichkeit in Frage zu stellen? Er probierte im Kopf verschiedene Optionen aus. Schmink mich unauffällig. Trägst du mir ein bisschen von deiner Schminke auf, damit ich weniger beschissen aussehe? Ich sehe aus wie ein sterbenskranker Kerl, oder? Die Situation war so lächerlich, dass er nicht klar denken konnte. Carmela war mit ihrem Make-up fast fertig. Sie würde gehen. Eilig schrieb Ramón:

Ich habe eine ganz schlechte Farbe. Kannst du mir was auftragen?

Auf diese Weise spielte er auf die Schminke an, ohne sie zu nennen, in der Hoffnung, sie würde es ihm in scheinbarem *motu proprio* selbst vorschlagen. Er überreichte ihr höflich das Notizheft und verbarg all den Groll, der sich wegen des Papageis aufgestaut hatte, und weil sie schuld war an diesem Abendessen, das gegen seinen Willen stattfinden würde.

«Mach dir keine Sorgen», sagte Carmela, «wer wird denn darauf achten?»

Alle, dachte Ramón, und schloss sich selbst mit ein. Er hatte den Tag damit verbracht, sich mit fremden Augen anzusehen; der Anblick war unerträglich.

Trag mir eine Creme oder so was auf.

«Aber eine Creme lässt deine Augenringe nicht einfach so verschwinden.»

Ramón schaute zum Toilettentischchen und zog hoch, was von seinen Augenbrauen noch übrig war. Endlich verstand sie.

«Du willst, dass ich dich schminke?», fragte Carmela, erheitert von der Vorstellung, einen Mann zu schminken, der Palmolive-Handseife als Rasierschaum benutzte.

Hätte er die Kraft dazu gehabt, wäre Ramón rot geworden.

Fällt das sehr auf?

«Ich glaube nicht. Ich müsste eine Menge Foundation und Concealer nehmen. Soll ich?»

Um seine Würde zu bewahren, gab Ramón vor, unentschlossen zu sein. Dann nickte er.

«Okay!», sagte sie begeistert. «Setz dich hierhin.»

Ernesto kam in Begleitung seiner Familie und mit einer Flasche *Tequila Reposado*. Wegen der Belastung seiner Leber durch die Chemotherapie war es Ramón strengstens verboten, Alkohol zu trinken; der Anblick dieses gereiften Elixiers stimmte ihn nostalgisch. Seine Nichten erschraken, als sie ihn sahen, und Alicia musste sie sanft zu ihm hinschieben, damit sie ihn mit einem Kuss begrüßten. Sie hatte ihrem Schwager ihrerseits auch ein Geschenk mitgebracht: Es handelte sich um ein Brett mit Schnitzereien, auf dem ein Kreuz, eine Taube und ein Sinnspruch zu sehen waren, der lautete: «Wenn du keine Kraft mehr hast, dich auf den Füßen zu halten, knie nieder.» Alicia hatte diese sadistische Losung auf einem Basar mit von Nonnen hergestelltem Kunsthandwerk gekauft. Während Ramón versuchte, sich an das geschmacklose Ding zu gewöhnen, empfahl sie ihm:

«Das kannst du an einem besonderen Ort aufhängen.»

In der Mülltonne, dachte Ramón, ohne sein Missfallen zu verbergen.

«Was denn, hat dir Mutti ins Geburtstagssüppchen gespuckt?», fragte Ernesto mit seiner üblichen Gemeinheit. «Ich habe diesem Sturkopf gesagt, Ramón ist ein ziemlicher Häretiker, aber sie hört ja nicht auf mich. Was soll ich machen? Darum bringe ich immer was zu saufen mit.»

«Das ist ein sehr hübsches Bild», schaltete sich Carmela ein und nahm es dem Atheisten aus den Händen, «ich denke, wir sollten es im Schlafzimmer aufhängen.»

Die Spannung löste sich zwischen grünen Oliven, Würfeln aus Chihuahua-Käse, Schinkenröllchen und *Chicharrón*-Stückchen. Etwas später kamen Carlos und Laura mit einer Flasche Champagner, den Ramón auch nicht probieren konnte. Carmela nahm die Flasche und legte sie in den Kühlschrank, an dem das Heiligenbildchen von Sankt Peregrinus hing; sie bat ihn, an diesem Abend die Zwietracht aus ihrem Heim zu vertreiben.

Währenddessen herrschte im Wohnzimmer eine unangenehme Stille, die Carlos schließlich mit einer einfachen Ja-Nein-Frage brach, der einzigen Art von Fragen, die man Ramón stellen konnte:

«Erinnerst du dich an Manolo Icaza, der mit uns in Verfahrensrecht war?»

Er erinnerte sich bestens an ihn. Er war eine blonde und unreife Ausgabe des Schauspielers Mauricio Garcés. Auf Betreiben seiner Familie, deren noble Abstammung das Direktorium beeinflusste, hatte er es an die UNAM geschafft. Seine akademischen Leistungen waren unterdurchschnittlich und sein verführerisches Talent übermenschlich.

«Es ist noch nicht offiziell, aber halt dich fest: Er ist einer der Kandidaten für den Posten am Obersten Gerichtshof.»

«Was? Ist er so brillant?», fragte Ernesto, während Ramón in sein Heft schrieb: *Er hat eine Enkelin von Präsident Alemán geheiratet. Andernfalls wäre er in der Hauptstadt nicht mal Schriftführer geworden.*

«Er ist mit einer Enkelin von Mateo Alemán verheiratet», sagte Carlos, «und sie besitzen den halben Bundesstaat Veracruz. Stell dir die Macht vor, die sie haben! Er ist völlig unfähig. Oder nicht, mein Freund?», fragte er Ramón, der die Gelegenheit, redundant zu sein, nicht nutzte und die gerade geschriebene Nachricht wieder durchstrich. Er nickte lustlos.

«Der war ein ganz schöner Windhund», fuhr Carlos fort, «hat die Prüfungen bestanden, indem er die Dozenten in sein Haus in Acapulco eingeladen hat. Es heißt, er hat dort regelrechte Orgien mit Frauen, Drogen und Kinostars veranstaltet.»

Ramón machte sich daran, eine skandalöse Anekdote um Manolo Icaza und die Tochter von Ignacio Burgoa Orihuela aufzuschreiben, dem meistgefürchteten Professor seinerzeit. Als er seine Geschichte fertiggeschrieben hatte, plauderten die anderen über das angeberische Leben der Politiker, und einmal mehr hatte er seine Zeit vertan. Er notierte eilig ein paar Sätze und gab Carmela das Heft, damit sie sie laut vorlas. Carmela wartete, bis Carlos damit fertig war, den Gouverneur von Coahuila zu beschimpfen, und sagte:

«Mal sehen, Ramón sagt hier, ‹Was nötig wäre, ist ein Antikorruptions-Staatsanwalt, aber er dürfte nicht vom Senat gewählt werden.›»

In diesem Augenblick klingelte Ernestos Handy. Er nahm

den Anruf dort an, wo er gerade war, und seine durchdringende Stimme lenkte die Gefolgschaft ab. Niemand schenkte dem Kommentar von Ramón noch Beachtung. Seine Laune, die schon in sich zusammengefallen war, begann sich zu zersetzen.

Als Ernesto sich dazu herabließ, den Anruf zu beenden, plätscherte die Unterhaltung auf ausgetretenen Pfaden dahin, die immer wieder an Lagunen abwartenden Schweigens endeten, während Ramón seine Beiträge notierte. Nachdem er den vierten Tequila des Abends geleert hatte, bat Ernesto um eine Tafel für Ramón, damit der sich schneller mitteilen könne, denn andernfalls würden sie erst um drei Uhr morgens zum Essen kommen. Niemand feierte ihn für diesen Witz, dessen Schärfe Alicia mit einem haltlosen Lob zu mildern versuchte:

«Mit diesen leckeren Appetithäppchen haben wir doch überhaupt keine Eile.»

«Man muss praktisch denken», sagte Ernesto, «obwohl Anwälte das nicht tun, ehrlich gesagt. In was für bekloppte Probleme die sich verwickeln.»

«Mach nur so weiter und ich zeig dich an», scherzte Carlos.

Ernesto schien drauf und dran zu sein, noch mehr dummes Zeug zu reden, aber Carmela unterband das mit der Einladung, sich doch bitte zu Tisch zu begeben. Auf dem Weg vom Wohn- ins Esszimmer dachte Ramón weiter über den Schlagabtausch zwischen Carlos und Ernesto nach; die Straftaten der üblen Nachrede, Beleidigung und Verleumdung waren schon vor einigen Jahren auf Bundesebene entkriminalisiert worden. Diese Aufhebung des Straftatbestandes war ein untrügliches Zeichen dafür, wie wertlos das Wort in diesen

Zeiten geworden war, so sehr, dass sein diffamierender Gebrauch keinen Schaden über siebzehntausend Peso anrichten konnte, so die Entschädigungssumme, die das lächerliche *Gesetz zum Schutze des Rechts auf Privatsphäre, Ehre und am eigenen Bild* vorsah.

Als Gastgeber und Jubilar bekam Ramón den Platz am Kopfende des Tisches, wo er besonders leicht von den Tischgesprächen ausgeschlossen werden konnte. Zu seiner Linken setzte sich Carmela, rechts Ernesto, der darauf beharrte, im Zentrum der Aufmerksamkeit zu stehen, und nicht aufhörte, geschmacklose Witzchen zu erzählen. Deswegen sowie wegen der Herausforderung, die in der Möhrensuppe schwimmenden Croûtons herauszufischen, vergaßen die Gäste nach und nach, sich Ramón zuzuwenden, bis dieser schließlich vollkommen isoliert war.

Als stummer Zeuge aß Ramón eine winzige Portion Suppe und einen Teller püriertes Hackfleisch, das Carmela ihm gesondert servierte; Kauen war ohne eine Zunge, die den Speisebrei zwischen Backenzähnen und Gurgel bewegte, viel zu zeitraubend. Um zu schlucken, musste er den Kopf in den Nacken legen und die Schwerkraft den Rest erledigen lassen. Der Vorgang war langsam und umständlich. Als alle anderen bereits fertig waren, hatte Ramón nicht einmal die Hälfte des Hacks geschafft. Mit einer unehrlichen Geste deutete er Carmela an, dass er satt war, und bat sie, den Teller mitzunehmen.

Paulina und Mateo, die mit den Töchtern von Ernesto in der Küche gegessen hatten, halfen beim Tischabräumen. Wenige Minuten später schaltete Carmela das Licht aus und Paulina kam mit einer Glasschüssel voller Schokoladenpudding aus der Küche; in der Mitte leuchtete eine einzelne Kerze, so dick und lang wie eine Osterkerze und in der weichen Masse leicht zur Seite geneigt. Kaum hatte Paulina den Nachtisch vor ihren Vater gestellt, richtete Carmela die Kerze mit einem Finger auf und gab allen das Zeichen, nun das traditionelle Ständchen *Las Mañanitas* zu singen. Ramón ertrug die Kakophonie, ohne den Blick von der Zunge der Flamme zu wenden, die für seine fünfzig Jahre stand. Sie war ein treffendes Symbol, unbeständig und von Geräuschen und Dunkelheit umfangen. Applaus. Paulina ermahnte ihn, sich etwas zu wünschen und die Kerze auszublasen. Ramón stellte sich vor, wie die Gäste bei seiner Beerdigung weinten. Er pustete kraftlos und bekam einen Hustenanfall. Herzlichen Glückwunsch zum Geburtstag.

Ramón betrachtete den auf seinem Teller verteilten Pudding, er erinnerte ihn an den amorphen Kot eines Hundes mit Verdauungsschwierigkeiten. Als sie die Portionen des Nachtischs verteilte, scherzte Carmela: «Hier ist deine Torte.» Die Gäste lächelten gezwungen.

Carlos ging die Champagnerflasche holen, die er mitgebracht hatte, und nachdem er in die frisch abgewaschenen Gläser eingeschenkt hatte, wollte er einen Toast aussprechen. Carmela näherte sich Ramóns Ohr, um ihn daran zu erinnern, dass er keinen Alkohol trinken durfte, er sollte so tun, als würde er einen Schluck nehmen und dann würde sie austrinken.

«Lieber Ramón», sagte Carlos, «meine Frau und ich wünschen dir, dass du weiterhin in deinem Kampf und mit deiner Tapferkeit ein solches Vorbild für uns alle bist, und möge dieses Jahr dir reichlich Segen bringen! Wohlsein!»

«Wohlsein», murmelten alle.

Ernesto, der schon vollkommen betrunken war, stürzte den Champagner in einem Schluck hinunter und sagte:

«Moët Pérignon ist doch das Beste.»

Ramón bemerkte das Versehen sofort: Die Marke, die Carlos mitgebracht hatte, war Moët & Chandon, sehr viel günstiger als Dom Pérignon, die Prinzessin aller Champagner. Indem er die Namen beider Marken vermischt hatte, war Ernesto vielleicht nur ein harmloser Fehler unterlaufen, doch Ramón glaubte, dass er es absichtlich getan hatte, um seinen Freund zu beschämen.

Ernesto beugte sich über den Tisch, nahm die Champagnerflasche und leerte sie in sein Glas, bis es überfloss. Ramón sah, wie sich Alicias Gesicht verkrampfte, sie schämte sich wegen der Geschwindigkeit, mit der ihr Mann trank. Sie machte ihm unhörbar einen Vorwurf, und er antwortete laut: «Lass mir doch den Spaß, herrje, nicht mal Moët Pérignon lässt du mich saufen.»

Ramón genoss das demütigende Schauspiel, das sein Bruder bot.

«Ich denke, wir gehen dann mal», sagte Laura zu Carmela in einem Tonfall, der Fremdschämen ausdrückte, diese Art von Mitleid, die in Mexiko endemisch war.

Carlos unterstützte sie, ohne zu zögern, vielleicht war er beleidigt wegen des Spotts über seinen «Moët Pérignon».

«Wartet», rief Ernesto, «es ist noch früh. Wir feiern hier doch den Geburtstag meines Bruders, der sich für euch sogar geschminkt hat.»

Zu Beginn des Abends hatte Ramón keinerlei merkwürdige Reaktionen auf sein Gesicht wahrgenommen, weshalb er ruhig geblieben war und angenommen hatte, dass Carmelas feine Arbeit auf seiner Haut unbemerkt bliebe. Jetzt aber konnte niemand mehr darüber hinwegsehen. Er war geschminkt, und die Tatsache, dass sein Bruder ihn auf diese Art bloßstellte, machte alles umso beschämender. Ramón versuchte, Flüche heraufzubeschwören, um sich ihm wenigstens im Geist entgegenzustellen, ihn mit vorgestellten Beschimpfungen zu überschütten, seine stumme Wut an ihm auszulassen, aber nichts, kein einziges Wort fand sich ein und folgte dem Aufruf des Gehörs. Alle Beleidigungen entwischten ihm, drängten sich auf der fehlenden Zunge zusammen.

Alicia zischte eine weitere Schelte, gegen die sich Ernesto in einem weibischen Ton verteidigte: «Aber er sieht doch so fesch aus.»

Nicht ein Wort erbarmte sich seiner. In einer einzigen Bewegung stand Ramón auf, ergriff die Champagnerflasche am Hals und schmetterte sie seinem Bruder an den Kopf. Der Flaschenboden traf stumpf Ernestos Stirn. Im Versuch, dem Angriff auszuweichen, schlug Ernesto mit dem Mund auf die Tischplatte. Alicia umarmte ihn schützend.

Die Flasche bebte in Ramóns rechter Hand. Carmela befahl ihm, sie loszulassen, und ohne zu gehorchen, drehte sich Ramón zu ihr um, mit den Augen eines in die Enge getriebenen Löwen.

Als sie das Spektakel hörten, stürzten die Mädchen und Paulina aus dem Arbeitszimmer, wo sie einen Film gesehen hatten. Sie platzten in die bürgerliche Parodie einer Kneipenschlägerei: Ernesto versuchte vergeblich, sich aufzurichten, er brüllte Drohungen und Beleidigungen, während Alicia und Carlos ihn auf dem Stuhl festhielten; Laura und Carmela packten Ramóns Arme und drängten ihn zur Küche.

«Zahl, was du mir schuldest!», verlangte Ernesto mit Schaum vor dem Mund, «du scheiß Schwuchtel! Bezahl sofort!»

«Sei still», flehte Alicia.

Laura und Carmela rangen mit Ramón, der ihnen zu entkommen versuchte.

«Du wirst sterben», prophezeite Ernesto, hellwach durch das Adrenalin, «dein Karma wird dich umbringen, du komplexbeladener Scheißkerl!»

Alicia wollte ihm den Mund zuhalten, und er biss sie versehentlich. Ihr spitzer Schrei drang bis unter die Kopfhörer von Mateo, der sich in seinem Zimmer eingeschlossen und nichts von der Schlägerei mitbekommen hatte. Er rannte die Treppe hinunter und fand alle Mädchen in Tränen aufgelöst vor, die beiden Frauen trösteten sie und hinter der Tür versuchte Carlos, seinen Onkel Ernesto festzuhalten, der nicht aufhörte zu brüllen.

«Komm raus, du scheiß Arschloch, und wir werden sehen, wer deine Beerdigung bezahlt!»

Ramón hörte ihn von der Küche aus, wo ihn seine Frau gegen den Ofen gedrückt hatte. Er schnaubte und war immer zufriedener mit dem, was er gerade getan hatte. Er hatte ein Vergehen nach Paragraph 289 des Strafgesetzbuches begangen. Er fühlte sich ausgesprochen gut.

Die Schreie entfernten sich, bis sie schließlich erstarben. Paulina sagte ihnen von der anderen Seite der Tür aus, dass die Gäste gegangen waren.

Carmela schenkte ein Glas Wasser ein und bot es Ramón an. Diese Geste war durch nichts gerechtfertigt. Ihr Mann war nicht wütend geworden, weil er durstig war. Es war auch nicht an der Zeit, eine Tablette zu nehmen. Das Glas Wasser war dort, um eine unerträgliche Leere zu füllen. Ramón nahm an und leerte es in einem Zug. Er legte den Kopf in den Nacken und fühlte, wie die geschmacklose Kühle in sein Inneres rann. Als er die Augen senkte, traf er auf Carmelas verwirrten Blick.

Was schaust du mich so an?

ZWEITER TEIL

Krankheit ist keine Metapher und die ehrlichste Weise, sich mit ihr auseinanderzusetzen – und die gesündeste Weise, krank zu sein –, besteht darin, sich so weit wie möglich vom metaphorischen Denken zu lösen, ihm größtmöglichen Widerstand entgegenzusetzen.

Susan Sontag

12

Die Aldamas erreichten die prunkvolle Kirche der Unbefleckten Empfängnis kurz vor Beginn der Hochzeit, an der sie aus Verpflichtung dem Brautvater gegenüber teilnahmen, einem Pneumologen, der viele seiner Patienten an Joaquíns private Sprechstunde überwies.

Der Arzt hatte weder Kosten noch Mühen gescheut. Wo man auch hinschaute, waren Seidenbänder, Schleifen und Blumenarrangements. Ein Trupp gelangweilter Paparazzi streifte durch die Kirche und fotografierte die Gäste, die einheitlich in Smoking mit Fliege oder langem Kleid erschienen waren. Nur wenige Aufmüpfige fielen mit einer Clownskrawatte oder einem provokanten Minirock aus der Reihe. Die Aldamas achteten die strenge Etikette; Joaquín hasste jedes Outfit, zu dem kein Arztkittel gehörte, dieses unverzichtbare Accessoire, um sich hinter einem Höherwertigkeitskomplex zu verschanzen. Er war nicht der Einzige, der sich in der Kirche unwohl fühlte: Die Schärpen, die geliehenen Jacketts, entweder zu groß oder zu eng, die Schuhe mit hohem Absatz, die winzigen Täschchen, die übertriebene Schminke, die vom Friseur gesteckten Frisuren, der immerwährende Schweiß und die Schläfrigkeit nach dem Essen quälten die meisten der herbeigekarrten Hochzeitler, die sich gemäß dem unsichtbaren Grad der Vertrautheit über die Länge des Kirchenschiffs verteilten: Je enger sie dem Brautpaar verbunden waren, desto weiter vorne hatten sie Platz genommen.

Die Aldamas richteten sich in der vorletzten Reihe ein, unter der Chorempore, auf der nun ein Kammerorchester den *Hochzeitsmarsch* von Felix Mendelssohn massakrierte, während der Priester, das Brautpaar und ihr Anhang durch den Mittelgang einzogen. Aus der Qualität der Darbietung zog Joaquín den Schluss, dass die Musiker wohl einem aus Taubstummen gebildeten Studentenorchester angehörten.

Als der Marsch zu Ende war und die Messe begann, schweifte Joaquín gedanklich ab und dachte über Ramóns Rhabdomyosarkom nach. Im Sinne der animistischen Metapher von Luis Ramírez verhielten sich die Zellen dieses Tumors wie ‹ein paar beschissene Sozialisten›, sie arbeiteten mit unerhörtem Altruismus zum Wohle ihrer Nachbarn, stellten sich nach Allelen sortiert auf und sonderten Botenstoffe ab, die das Wachstum und die Vaskularisation förderten. Dank dieses Verhaltens hatten die Rhabdomyoblasten einen kugelrunden und putzmunteren Tumor in der Zunge des Patienten gebildet, und jetzt multiplizierten sie sich in ihrer Petrischale in harmonischen Lamellen.

«Durch meine Schuld, durch meine Schuld, durch meine große Schuld», wiederholten die anderen Hochzeitsgäste und schlugen sich ohne jede Reue auf die Brust.

Aldama schwieg in Gedanken versunken. Normalerweise enthielt die DNA einer malignen Zelle Hunderte von bösartigen Mutationen, aber Luis Ramírez glaubte nicht, dass ein größerer genetischer Erdrutsch die Ursache des Rhabdomyosarkoms war, sondern dass sie in der Veränderung einiger weniger entscheidender Gene lag, exakt derjenigen, die notwendig waren, um eine sowohl ordentliche als auch machtvolle Reproduktion auszulösen. Sollte sich der Verdacht des Pathologen bestätigen, dann stellte das Genom dieser Zellen einen Katalog der für die Karzinogenese essenziellen Mutationen dar. Die revolutionäre Folge einer solchen Entdeckung ließ Ramírez' Enthusiasmus gerechtfertigt erscheinen: die universelle Krebsheilung, der Heilige Gral der Onkologie.

«Halleluja! Halleluja!», sangen die Hemmungslosesten unter den Gästen, während der Priester sich anschickte, eine beliebte Episode aus dem heiligen Evangelium vorzulesen.

«Und Jesus ging vorüber», begann er die Lektüre in einem apostolischen Singsang, der Joaquín augenblicklich in seine Jahre an der Schule der Maristen-Ordensbrüder zurückversetzte, «und sah einen Menschen, der blind geboren war. Und seine Jünger fragten ihn und sprachen: Rabbi, wer hat gesündigt, dieser oder seine Eltern, dass er blind geboren ist?»

Aldama stellte sich den Blinden mit milchigen Netzhäuten vor, wie er neben dem Weg auf dem Boden saß und bettelte. Jesus nutzte die Chance, um vor seinen Anhängern sein ophthalmologisches Talent unter Beweis zu stellen. Er spuckte auf die Erde, vermengte die Spucke mit ein wenig Lehm und verteilte den Brei auf den Augen des Patienten. Wieso sollte Gottes Sohn, der Allmächtige, auf eine improvisierte Salbe zurückgreifen, um seine Geschöpfe zu heilen? Vielleicht war es eine Methode, um der Szene Dramatik zu verleihen, oder im besten Falle ein Lösungsmittel für die aktiven Bestandteile der rettenden Spucke.

Das Evangelium erläuterte nicht näher, ob der Lehm auf die Augäpfel oder die Lider aufgetragen wurde; Aldama wollte annehmen, dass der Matsch keinen direkten Kontakt mit den Augen gehabt hatte. «Jesus sprach zu ihm: Geh zu dem Teich Siloah und wasche dich!» Auch hier erschien ihm die

Anweisung sinnlos: Jesus hatte die Möglichkeiten, ihn unverzüglich zu heilen, warum also schickte er den armen Blinden zum Teich?

«Da ging er hin und wusch sich und kam sehend wieder. Die Nachbarn nun und die, die ihn zuvor als Bettler gesehen hatten, sprachen: Ist das nicht der Mann, der dasaß und bettelte? Einige sprachen: Er ist's; andere: Nein, aber er ist ihm ähnlich. Er selbst aber sprach: Ich bin's.»

Aldama wusste, dass die Salbe allein niemals eine angeborene Blindheit hätte aufheben können. Der Großhirnrinde des Patienten hätten die Verbindungen gefehlt, die notwendig wären, um die über den Sehnerv übermittelten Informationen zu verarbeiten. Unter dem Ansturm von inkohärenten Sinneseindrücken hätte der Patient am Ufer des Teichs einen epileptischen Anfall mit Todesfolge erlitten. Doch das passierte nicht. Der Blinde kam hochzufrieden vom Siloah zurück, und weil Sabbat war, hatte niemand etwas Besseres zu tun, als ihn zum Tempel zu begleiten, um ihn den Pharisäern vorzuführen, die natürlich nicht an das Wunder glaubten und ihn als Sünder aus dem Tempel vertrieben. Am Ende traf Jesus den Patienten wieder und legte ihm die apokalyptische Bedeutung der Ereignisse dar: «Ich bin zum Gericht in diese Welt gekommen, auf dass die da nicht sehen, sehend werden, und die da sehen, blind werden.» Was für eine unsympathische Art, eine ärztliche Behandlung abzuschließen. Zwischen Hippokrates und Jesus hätte es einen Kurzschluss gegeben.

«Dies ist das Wort Gottes», kam der Priester zum Ende, schloss das Buch und küsste den Einband.

Während der Predigt schweifte Aldama in seinen Gedanken wieder ab. Wie waren wohl die Gene des Sohnes eines jüdischen Mädchens und eines allmächtigen Gottes beschaffen? Hatte der Heilige Geist eine Eizelle von Maria befruchtet, oder hatte er umgekehrt eine göttliche Zygote in sie gesetzt, von Gott *ex nihilo* für diesen Anlass erschaffen?

Die katholische Glaubenslehre besagte, dass Maria die Mutter Gottes war, also konnte sie nicht nur als Brutkasten gedient haben. Gott musste sie mit einem Spermahauch besamt haben, der mit dreiundzwanzig Chromosomen ausgestattet war, darunter das Y-Chromosom, welches das Geschlecht Jesu als männlich festlegte. Die anderen dreiundzwanzig Chromosomen kamen von Maria; unter ihnen mit Sicherheit welche, die Teint und Statur des Sohnes bestimmten, seine Augenfarbe, die Dicke seiner Lippen, die Form der Nase. Ob der Sohn Gottes wohl hätte Krebs bekommen können? Bestimmt wären die Chromosomen seines Vaters mit den nie versagenden Tumorsuppressoren ausgestattet gewesen, den Genen P53, NF1, BRCA1 und BRCA2. Also hätte er Würstchen essen, Tabak rauchen, ins Sonnenstudio gehen und Umgang mit radioaktivem Müll haben können, ganz ohne Angst vor den Neoplasien, die mit diesen Risikofaktoren assoziiert werden. Was für ein gesundes Leben hätte Jesus führen können, wenn er sich nicht so viele mächtige Feinde gemacht hätte.

Joaquíns Abschweifungen wurden von der Eheformel unterbrochen, mit denen Regina und ihr Bräutigam einander Treue und ewige Liebe schworen.

Während der Weihe der Hostien und des Weines fing das Handy in Aldamas Tasche an zu vibrieren. Er schaute unauffällig nach, wer anrief. Er erkannte die Nummer von Señora Martínez, die ihn noch nie an einem Wochenende angerufen hatte. Aus Sorge, es könnte sich um einen Notfall handeln, beschloss er, die Kirche zu verlassen und den Anruf anzunehmen. «Das ist das Wunder des Glaubens», hörte er den Priester sagen, bevor die Tür hinter ihm zuschlug. Kaum war er draußen, holte er das Handy aus der Tasche und stellte fest, dass die Frau von Señor Martínez schon aufgelegt hatte. Er rief sie sofort zurück.

Señora Martínez überschlug sich vor Entschuldigungen, dass sie ihn am Samstag störte. Es ging um eine heikle Angelegenheit. Am Abend zuvor hatte ihr Mann seinen Bruder mit einer Champagnerflasche angegriffen. «Er war wie wahnsinnig», präzisierte sie. Aldama fragte sich, welchen Champagner sein Patient wohl benutzt hatte.

«Ich habe gleich für Montag einen Termin mit einer Psychologin vereinbart, die uns sehr empfohlen wurde», fuhr Señora Martínez fort, «sie ist darauf spezialisiert, Patienten zu unterstützen, die unter der gleichen Krankheit leiden. Ich habe mit ihr telefoniert, und sie hat mir viel Vertrauen eingeflößt, sie sagte, ich solle mir keine Sorgen machen, sie wird uns helfen, aber der Dummkopf Ramón besteht darauf, nicht hinzugehen. Wir haben den ganzen Tag versucht, ihn zu überzeugen, aber er lehnt es rundheraus ab.»

«Warum hat er ihn angegriffen?», fragte Aldama, ohne sich seine Neugier anmerken zu lassen.

«Mein Schwager hatte zu viel getrunken und hat dummes Zeug geredet, und plötzlich ist Ramón völlig ausgerastet und hat ihn auf den Kopf geschlagen. Wenn er nicht so schwach wäre, hätte er ihn schwer verletzen können.»

«Möchten Sie, dass ich mit ihm spreche, um ihn zu überzeugen?», antwortete Aldama.

«Nein, stellen Sie sich vor, wie wütend er wird, wenn er erfährt, dass ich Ihnen davon erzählt habe. Nein, die Sache ist die, dass die Frau, die uns im Haushalt hilft, ihm einen Papagei als Geschenk mitgebracht hat, und ich habe ihr gesagt, dass wir den nicht behalten können, wegen dem, was Sie uns gesagt haben. Ramón ist so wütend auf mich geworden, er wird in letzter Zeit ja wegen jeder Kleinigkeit wütend, er hat mich bedrängt und so weiter, und ich habe ihm gesagt, dass es nicht geht. Und jetzt gibt er mir immer wieder einen Zettel, auf dem steht, dass ich die Frau anrufen soll, um ihr zu sagen, dass sie den Papagei wieder herbringt. Was gestern Abend passiert ist, trifft mich sehr, und ich habe nicht weiter nachgedacht und gesagt: ‹Und wenn wir den Papagei holen, akzeptierst du dann, dass wir zum Psychologen gehen?› Und er hat ja gesagt. Was mache ich denn jetzt? Ich habe stundenlang darüber nachgedacht, was ich machen soll, und jetzt ist er gerade eingeschlafen, und ich dachte, dass ich mit Ihnen reden muss, damit Sie mir sagen, ob es irgendeine Möglichkeit gibt, ihn zu behalten …»

Aldama staunte über die unglaubliche Geschichte, die er gerade gehört hatte. Einerseits feierte er die Ausfälligkeit seines Patienten: einen Betrunkenen mit einer Champagnerflasche zu verprügeln, was war das für eine geniale Art der Selbstjustiz! Andererseits amüsierte es ihn, dass ein Hausmädchen ihrem Dienstherrn einen Papagei schenkte, den dann die Ehefrau als Faustpfand in ihren ehelichen Verhandlungen einsetzte.

«Der Papagei ist nicht bei Ihnen?», fragte der Arzt, um Zeit zum Nachdenken zu gewinnen.

«Nein, ich habe sie gestern Nachmittag darum gebeten, ihn mitzunehmen.»

«Gut», sagte er, «wenn Sie glauben, dass er dann in die Therapie einwilligt, behalten Sie ihn. Bringen Sie ihn zu einem Tierarzt, damit der ihn untersucht, und halten Sie ihn außerhalb des Hauses.»

«Ist das nicht ein großes Risiko für meinen Mann?»

«Im Moment ist es am wichtigsten, dass er sich wohl fühlt. Darum sollten wir uns vor allem kümmern.»

«Vielen Dank, Herr Doktor, das beruhigt mich sehr.»

«Schon in Ordnung.»

Sie verabschiedeten sich. Als er wieder in die Kirche ging, war Esther schon von der Kommunion zurückgekommen und kniete in der Bank, wo sie den Körper Christi mit der Zunge auflöste. Er setzte sich neben sie und dachte weiter über den Fall von Señor Martínez nach. Kürzlich hatte er in *The Lancet* einen Artikel über den Einfluss der Stimmung des Patienten auf den Verlauf der Chemotherapie gelesen. Eine Depression senkte deutlich die Chancen auf Genesung. Am wichtigsten war, dass er guter Stimmung blieb; wenn ein Papagei diesen Zweck erfüllte, dann eben ein Papagei.

Die Zeremonie schloss mit einem Stück von Händel: *Die Ankunft der Königin von Saba*, eine Wahl, die symptomatisch war für den Überschwang der größenwahnsinnigen frisch Verheirateten. In diesem Stück erreichte das Orchester ein kakophones Niveau, das einer Mariachi-Gruppe würdig gewesen wäre. Er stellte sich vor, wie sich der große Barockkomponist zornig in seinem Grab in der Westminster Abbey wälzte. Hätte er eine Champagnerflasche zur Hand gehabt, Joaquín hätte sie verwendet, um sie den Musikern über den Kopf zu ziehen und die Welt von diesem Grauen zu befreien.

13

Unter der künstlichen Viertausend-Watt-Sonne machten die Hanfpflanzen Überstunden in Photosynthese. Es war Montagnacht. Teresa beschnitt in aller Ruhe die reifen Triebe. Ihr Körper war schweißbedeckt, und die Hände waren voll von klebrigem, psychoaktivem Harz. Sie lächelte. Der Duft des Grases genügte, um sie in einen Zustand tiefer Gelassenheit zu bringen. Ein intensiver Tag mit Gruppentherapie und Privatsprechstunden lag hinter ihr. Sie hatte Ramón kennengelernt, dessen erzwungenes Schweigen es nötig machen würde, ihn auf unorthodoxe Art zu behandeln.

Das Erstgespräch hatte ausschließlich dazu gedient, dass Carmela in allen Einzelheiten den Fall ihres Mannes darstellte, von der gelähmten Zunge bis hin zum gewalttätigen Angriff auf seinen Bruder vor drei Tagen.

Aus ihrer Erzählung war zu schließen, dass er ungeduldig, dominant und narzisstisch war, enormes Vertrauen in seine intellektuellen Fähigkeiten hatte und über ein nur sehr oberflächliches Repertoire an Emotionen verfügte.

Ramón hatte sich an diesem Morgen nur wenige Male mit Hilfe knapper, entnervt in sein Notizheft geschriebener Sätze in das Gespräch eingemischt. Diese Art sich auszudrücken war ermüdend: Zuerst musste er eine Nachricht formulieren, dann das Notizheft an seine Sprecherin weitergeben und abwarten, bis sie vorgelesen hatte. Da das freie Assoziieren, eine der Säulen der Psychoanalyse, unter diesen Umständen unmöglich war, hatte Teresa eine ganz neue Methode vorgeschlagen: Sie würden im Sprechzimmer via Internet chatten. Die Dynamik würde dadurch entstehen, dass jeder einen Laptop benutzte; so könnte er seine Nachrichten eintippen, und sie würde sie lesen, sobald er sie abgeschickt hätte, fast simultan. Auch wenn die Vorstellung, einander gegenüberzusitzen und zu chatten, wie ein Widerspruch erschien, wollte sie ihn vor sich haben, um seine unbewussten nonverbalen Äußerungen mitzubekommen und ihm mündlich antworten zu können, seine mimischen Reaktionen unmittelbar vor Augen.

Dieser Vorschlag schien Ramón nicht zu begeistern. Carmela dagegen reagierte überschwänglich und nahm sich sofort vor, ihren Sohn um seinen Laptop und um eine Einführung in dessen Bedienung zu bitten. Sie ging offenbar davon aus, dass es sich um eine Paartherapie handelte, aber Teresa würde ihr noch auseinandersetzen, dass sie zunächst alleine mit Ramón arbeiten müsse.

Das Einzige, was er aus eigener Initiative geschrieben hatte, war die Frage: «Wie ist Ihr Honorar?» Er verbarg seine Verblüffung nicht, als er hörte, was sie normalerweise verlangte. Carmela erklärte, dass ihre finanzielle Lage gerade kompliziert sei, und Teresa bot an, ihre Tarife an ihre Möglichkeiten anzupassen. Als sie einen Preis für die Sitzungen vereinbart hatten, verabredeten sie sich für den Montag der kommenden Woche zur gleichen Zeit.

Nachdem sie die Blätter gestutzt hatte, schnitt Teresa die Zweige ab, die schon reife Knospen trugen, und band aus ihnen einen Strauß, vorsichtig darauf bedacht, dass sich die Stellen mit dem meisten psychotropen Harz nicht berührten.

Sie würden nun ein paar Wochen lang kopfüber an einer Schnur aufgereiht in einer angrenzenden Kammer trocknen. Die getrockneten Blütenstände wurden dann zum «Curing» in Gläser gelegt, ein Vorgang, der sechs Monate dauern und schließlich ein vitalisierendes und köstlich schmeckendes Kraut hervorbringen würde.

Um alle Patienten mit Marihuana versorgen zu können, die sich – motiviert von den Berichten der anderen – auf ihrer Suche nach alternativen Schmerzmedikamenten an Teresa wandten, musste sie ihre Produktion immer weiter steigern. Die Nachfrage übertraf fast schon ihre Produktionskapazitäten, wie auch die ihres Händlers – eines Hippie-Biologen aus Tepoztlán, der ihr Erde und speziellen Dünger für Cannabis verkaufte.

Sie war davon überzeugt, dass Marihuana in wenigen Jahren legalisiert werden würde, und lebte im Vertrauen darauf, dass sie dann ihre Arbeit öffentlich machen und diese wertvolle gesellschaftliche Aufgabe in andere Hände legen könne. Bis dahin würde sie jeden Tag mehr Patienten abweisen müssen, denen sie sagte, sie sollten sich das Gras auf eigene Faust besorgen, auch wenn das bedeutete, dass sie letztlich auf einem von Kriminellen dominierten Markt Produkte schlechtester Qualität kaufen würden.

Seit Monaten suchte sie schon nach einer Geschäftspartnerin, aber sie kannte niemanden, der über die Verschwiegenheit, den Platz und ausreichende Berufung für diese Aufgabe verfügte, die außerdem noch mit Gefängnis bestraft wurde. Für den Moment musste sie alleine weitermachen.

Sie ging hinunter, um sich nach der beschwerlichen Arbeit zu duschen. Das war ihr Lieblingsmoment des ganzen Tages, sich unter die Dusche zu stellen und zu fühlen, wie das heiße Wasser sie umarmte. Mit einem besonders weichen Schwamm verteilte sie die Seife auf ihrem Körper. Wie immer begann sie im Nacken und ging dann auf ihrem welken Fleisch immer weiter nach unten; sie umrundete die Narben auf ihrer Brust, auf beiden Seiten ein blindes Lächeln, wo einmal Brustwarzen gewesen waren. Der Schaum sammelte sich im Schamhaar, das jeden Tag dünner wurde. Teresa setzte sich auf einen Plastikhocker, um sich die Beine zu waschen. Kein Grund zur Eile. Sie war eine zärtliche Mutter ihres eigenen Alters.

Sie dachte wieder an Eduardo, ihren psychoanalytischen Benjamin. Nachdem sie einige Wochen nicht über das Thema gesprochen hatten, hatte ihn Teresa am Samstag gefragt, ob es Neuigkeiten von Emilia gab, seiner Kommilitonin aus der Uni. Verärgert erzählte Eduardo, dass sie zusammen Latein gelernt hatten und es nicht gut gelaufen war. Warum nicht? Emilia kaute auf dem Deckel ihres Kulis herum. Diese unbewusste orale Fixierung der Libido war inakzeptabel für Eduardo. Wie viele Bakterien waren wohl auf diesem Stück Plastik, das Emilia mit den Händen aus der Federtasche holte, aufs Pult legte und sich dann zum Mund führte? Seither hatte er nicht mehr mit ihr gesprochen.

Teresa entschied, ihn mit den Wurzeln seiner Phobie zu konfrontieren. Sie fragte ihn, ob er von Emilia geträumt hatte. «Weil?», sagte er abwehrend. «Was hast du geträumt?», insistierte sie, womit sie die heiligsten Grundsätze ihrer analytischen Schule verletzte. «Ich will nicht darüber reden», sagte er erschrocken. Teresa nickte respektvoll, da sie wusste, dass Eduardo diesen Kontrollverlust über das, was sie sich vorstellen mochte, nicht ertrug. Schließlich erzählte er es ihr.

Er träumte andauernd von ihr. Sie wollte ihn töten, aber wenn sie es tat, war sie es, die starb. Fast immer lag er in einem Krankenhausbett. Sie drehte ihm den Sauerstoff ab und erstickte selbst. Das war das Merkwürdige. Wenn sie ihm ein Seil um den Hals band, wurde ihr Gesicht blau; die Augen traten ihr aus den Höhlen, sie wurde ohnmächtig. Er versuchte, sie zu retten, aber es war unmöglich, sie erdrosselte ihn, bis sie starb. «Töte mich nicht», flehte er sie an, obwohl es jedes Mal sie war, die starb.

Teresa erwog die Möglichkeit, dass diese Träume eine erotische Komponente hatten, dass sie vielleicht sogar in einer Ejakulation endeten. Sie traute sich nicht, das zu fragen. Die sadomasochistische Duplizität des Traumes faszinierte sie. Fast nie wurden beide Triebe in einer einzigen Phantasie befriedigt. Was die Waage in Richtung der masochistischen Interpretation neigte, waren die Angst, das Flehen, der Versuch, sie zu retten. Aber welche Rolle spielte sie in diesem Traum?

Eduardo hatte eine vernünftige Erklärung für den offensichtlichen Inhalt dieser Albträume herausgearbeitet. Ihm zufolge hatten ihre Versuche, ihn umzubringen, mit seiner Phobie vor Körperkontakt zu tun. «Wenn sie versuchen würde, mich zu küssen, würde mich das so ekeln», gestand er. Andererseits liebte er sie. Sie war brillant, introvertiert, sehr hübsch. Was für ein wunderbares Paar könnten sie sein. Ohne ihn. Er konnte jeden Tag einen Rückfall bekommen. «Wenn ich sie heiraten würde, könnte sie mich sehr verletzen, aber ich würde sie noch viel mehr verletzen, und darum ist sie es, die im Traum stirbt. Ich bin eine tickende Zeitbombe, ich weiß, dass ich irgendwann wieder Krebs bekomme, und ich will nicht, dass irgendjemand mit mir leiden muss.» Seine noblen Gefühle für Emilia hatten ihn in seiner Entscheidung bestätigt, zum Wohle der anderen sein ganzes Leben allein und zölibatär zu bleiben.

Die latente Bedeutung des Traumes repräsentierte das Paradox der Lust am Anderen. Aus der Perspektive eines Mannes war die begehrte Frau die perfekte Verkörperung des «Anderen, der nicht ist», um es mit Lacans Worten zu sagen. Andererseits versicherte der enigmatische Psychoanalytiker, dass der Körper dafür gemacht war, sich an sich selbst zu erfreuen. Der Krebskörper: Seine Lust würde Eduardo töten, und damit würde er sich selbst zerstören. Er flehte ihn an, ihn nicht zu töten, aber er wollte auch nicht ohne ihn leben. Zurückzukehren zu den Jahren der Leukämie, in dieses perverse Idyll: Darum drehte sich, einmal mehr, Eduardos Phantasie. Neu war, dass der Krebs als Frau verkleidet zurückkehrte. Die Brust des Masochisten beherbergt stets ein misogynes Herz.

Die immer wiederkehrenden Träume funktionierten wie eine Abwehr des Unterbewussten gegen die Bedrohung, die mit Emilia in Eduardos Leben getreten war. Glücklich sein, sich dem Verlieben hingeben, dem Risiko, in der Verführung zu triumphieren, das bedeutete, die symbolische Ordnung zurückzuweisen, die, so neurotisch und phobisch sie auch war, seinem Leben Sinn gab. Sie aufzugeben war zu gefährlich: Wenn er mit seinen Versuchen scheiterte, Emilia zu erobern, in ihr ein Objekt zu finden, das den leeren Ort seines Verlangens füllte, dann würde er ganz alleine am Abgrund stehen, und dann hätte er wirklich einen psychotischen Schub, jene verzweifelte Strategie der Psyche, um die Realität zurückzuerobern. Mit Hilfe grauenvoller Albträume schützte sich Eduardos Geist vor dem verheerenden Wahnsinn.

Teresa musste akzeptieren, dass sehr viel Zeit vergehen würde, bis Eduardo in der Lage wäre, normale Liebesbeziehungen einzugehen; kurz gesagt würde er alleine bleiben, und zwar vollkommen allein, so wie sie, denn es ging auch um sie, um die Projektion ihres Wunsches, um die Phantasie, abends unter der Dusche zu stehen und zu wissen, dass dann beim Abendessen jemand bei ihr wäre, mit ihr ins Bett ginge und sie umarmen würde, ohne sie wegen der fehlenden Brüste zurückzuweisen. Gute Nacht, mein Liebling, sagte die Stille, als Teresa das Licht löschte.

14

«Verarsch mich nicht!», sagte Benito, als er Ramón kommen sah, der einen gestreiften Poncho aus bunt gefärbter Wolle trug.

Ich weiß selbst, dass ich aussehe wie Chavela Vargas, dachte Ramón, aber dieser Fummel geht über die Beine und hält sie warm, also keine Kritik bitte. Ich habe ihn gefunden, als ich im Schrank nach alten Klamotten gesucht habe. Meine Schwiegermutter hat ihn mir vor etwa fünfzehn Jahren zu Weihnachten geschenkt. Um mich zu verarschen, natürlich, um mir zu sagen, dass ich ein Indio bin oder eine Schwuchtel oder beides auf einmal, aber da scheiß ich drauf. Seit der Chemo ist mein Thermostat im Arsch, und die Verdauung, und der Schwanz … und das alles nur, damit sie mir jetzt mit Metastasen in der Lunge kommen. Auf den Röntgenaufnahmen waren zwei graue Flecken. Und das Erste, was sie denken: Ah, siehst du, du Depp, warum hast du dir auch zwei Schachteln am Tag reingepfiffen? Aber ich rauche schon seit zwanzig Jahren nicht mehr, Benito, und das hat auch gar nichts damit zu tun. Das hat mir der Arzt jetzt schon öfter gesagt. Was mir passiert, ist so was wie ein Querschläger, oder vielleicht eher noch wie eine Naturkatastrophe, denn es war nicht mal fahrlässiges Verhalten. Eine Naturkatastrophe, genau das. Aber wie teuer mich das zu stehen kommt, was für ein beschissener Kreuzweg, auf den ich da aus heiterem Himmel geraten bin! Und jetzt wollen sie die Flecken mit Bestrahlung verbrennen. Was soll ich ihnen sagen? Dass sie sich keine Umstände machen sollen, weil ich beschlossen habe, das hier zu beenden? Stell dir vor, was das für ein Theater gibt. Carmela bringt es fertig, mich ins Irrenhaus zu stecken. Nein, Benito, der Tod macht mir keine Angst. Was mir Angst macht, ist die Schmach, dass meine Kinder auf der Straße landen. Nehmen wir mal an, dass sie diese Metastasen heilen, und dann? Was mache ich dann? Was hier niemand begreift, ist, wie entwürdigend meine Lage ist. Ich lebe vom Wort, davon, Menschen den Autoritäten gegenüber eine Stimme zu verleihen, um ihre Rechte zu schützen, Verantwortung einzufordern, Konflikte beizulegen. Ich repräsentiere meine Mandanten, im Konflikt spreche ich für sie. Stumm bin ich einen Dreck wert, ich kann nicht tun, wofür ich da bin. So einfach ist das. Wenn du nicht mehr tun kannst, wofür du da bist, dann zieh dich zurück. Da warten Leute darauf, dass du vom Tisch aufstehst, damit sie sich hinsetzen und essen können. Mir haben sie die Rechnung vor der Zeit gebracht. Ja, das tut mir weh, glaub nicht, dass ich aus Stein bin. Ich habe schon viel geweint, wenn mich niemand gesehen hat. Aber jetzt bin ich schon bei dem, was danach kommt. Ein Erbe hinterlassen, auch wenn es bescheiden ist, um dann ruhig gehen zu können. Und das betrifft auch dich, Benito, du sollst einen anständigen Käfig bekommen. Ich habe keinen Peso in der Tasche, aber ich habe schon darüber nachgedacht, wie ich das mache. Ich habe eine Uhr aus massivem Gold, eine Belohnung, die ich mir selbst machte, nachdem ich einen sehr wichtigen Fall gewonnen hatte. Ich bewahre sie oben auf, weggeschlossen, zusammen mit meinem Revolver, ein tolles Teil, Benito, Kaliber .32, das ist mehr als genug. Erst das Gold, dann das Blei. Ich werde jemandem aus der Kanzlei eine Nachricht schicken, er soll bitte bei mir zu Hause vorbeikommen, ohne Carmela etwas davon zu sagen. Pass auf, finde mal raus, was diese Uhr wert ist, und verkaufe sie. Das wird ein hübsches Sümmchen sein. Wenn ich das in der Tasche habe, habe ich Bewegungsfreiheit. Drei Dinge: erstens, die Ausgaben für das Standesamt und den Notar begleichen. Ich verzichte auf das Haus, wir unterschreiben die Scheidungspapiere, und fertig. Zweitens, dein Käfig, natürlich extragroß, damit du ganz in deinem Element bist. Und drittens: meine Begräbniskosten. Ich will alles ordentlich hinterlassen. Noch was, ich würde mir gern selbst meinen Sarg aussuchen, wenn ich könnte. Geben Sie mir den, den aus Mahagoni. Ich lasse meinen Anzug bügeln. Noch was, wenn das Geld reicht, kaufe ich die Messer aus dem Fernsehen und schenke sie Elodia, aus Spaß an der Freude. Und weißt du was? Ernesto bekommt einen Brief, den er nicht wieder vergisst. Du bist ein dreckiger Halsabschneider. Ich bringe mich nicht um, damit ich dich nicht bezahlen muss, sondern weil ich es nicht länger ertrage, dass man mich wie einen unsichtbaren Sack behandelt. Ich mache es für meine Würde. Wenn du wüsstest, was das ist, hättest du gesagt: Weißt du was, Ramón? Vergiss es, du zahlst mir nichts zurück. Du hast so viel für uns getan. Ich habe dir dieses Geld geschuldet. Es gehört dir. Aber du hast nicht das Format, das zu tun. Nichts zu machen. Du hast Gott und die Welt übers Ohr gehauen. Jetzt fick dich selbst. Ich war Augenzeuge deiner Betrügereien. Und wie sagt das Sprichwort: Mit Dieben fängt man Diebe. So endet dann mein Brief. Wie siehst du das, Benito? Selbst wenn er den Brief als Beweis benutzen will, wenn ich nicht mehr bin und es keine pfändbaren Güter gibt, ist er doch gefickt.

Elodia kam in den Hof, um dort in Ramóns Gesellschaft den Boden zu wischen. Benito empfing sie mit einem «Blas mir einen!», sie hatten ihm beigebracht, diesen Satz immer in Gegenwart von Frauen zu rufen.

«Halt den Schnabel, du Flitzpiepe», sagte Elodia.

Ramón war es leid, dass sie Benito undifferenziert «Sittich», «Vogel», «Blondie», «Drecksack» oder «Flitzpiepe» rief. Er nutzte die Gelegenheit, ihr eine Nachricht zu schreiben, in der stand:

Der Papagei heißt Benito, wie Präsident Juárez. Nennen Sie ihn so.

«Was für einen hübschen Namen Sie ihm gegeben haben! Hallo Benito! Du heißt Benito, so hat dein Papi dich genannt. Schau mal, Benito, dann hör auf, Schimpfwörter zu sagen und sag mir lieber, wie du heißt: BE! NI! TO! BE-NI-TO!» Nicht noch mal, Elodia, lass ihn in Ruhe. «Ich habe einen Cousin, der BE-NI-TO! heißt. Er war ein guter Kerl. Er hat das Dorf schon vor vielen Jahren verlassen. Sie wissen ja nicht, wie sehr er meiner lieben Mutter geholfen hat, als sie krank geworden ist, bevor wir sie mit Ihrer Hilfe hergeholt haben. Er hat ihr Wasser ins Haus gebracht, hat ihr Mehl gebracht, Eier, Milch. Mein Schutzengel, so hat sie ihn genannt, und das war er wirklich.»

Es gibt noch gute Menschen auf dieser Welt, dachte Ramón in einem Anflug von Sentimentalität. Elodia begann, die Terrasse zu wischen.

«Aber seine Schwester Fidelia, Gott habe sie selig. Sie war meine jüngste Cousine, und mit der Armen nahm es ein schlimmes Ende. Da war der Teufel im Spiel, der in ihren Vater gefahren ist. Das hat mir Benito erzählt, als er mal betrunken war und zu weinen anfing. Wenn sein Papa spitz war, dann hat er Sachen mit ihr gemacht. Reden wir gar nicht darüber, dass sie seine Tochter war, aber sie war ein kleines Kind. Er hat sehr gerne getrunken, so wie der Vater meiner Kinder, erinnern Sie sich?» Wie sollte ich mich nicht daran erinnern, er hat Sie fast umgebracht. «Und ständig ist er irgendwo auf der Straße eingepennt, oder er lag auf dem Weg zu seinem Haus, was etwas weiter weg war, hinter dem Mais. Und einmal sahen ihn da ein paar Leute schlafen, und sie ließen ihn liegen, denn der konnte richtig jähzornig werden, wenn man versuchte, ihn wegzuziehen. Als es dann am nächsten Morgen hell wird» – an dieser Stelle ihrer Erzählung hörte Elodia auf zu wischen und schlug einen leiseren, raunenden Ton an –, «da finden sie ihn da am Boden, aber ohne Kopf. In dieser Zeit hatte man von Narcos oder Zetas noch nichts gehört, das war ein ruhiges Dorf. Wo war also der Kopf? Und nach einer Weile meinten sie, das war ein Hund, glauben Sie das?, dass ein Hund ihn gefressen hat. Und sie wollten den Hund töten, von dem sie sagten, der hat ihm den Kopf abgebissen, aber da sagte ein Nachbar, der ein Kumpel von meinem Onkel war, dass er in der Nacht meinen Cousin Benito gesehen hätte, wie der mit der Machete rausging, und er hat sich gefragt: Na, wo will der denn hin um diese Zeit? Und kurz danach sieht er ihn alleine zurückkommen» – was für Eier hat dieser Junge, meine Hochachtung. – «Und dann haben sie sich Benito geschnappt, der kein Wort gesagt hat» – das ist das Beste in so einem Fall, fand Ramón, absolut nichts aussagen –, «und was glauben Sie? Seine Schwester ist hingegangen zum Rathaus und hat gesagt, dass sie es war, und hat in einem Sack die Machete mitgebracht, die ganz rot war. Da hat dann mein Cousin gesagt, dass das nicht stimmt und dass er es war. Und sie sagte wieder, nein, dass sie die Schuldige war, wie sollte sie denn sonst die Machete haben und nicht er» – man müsste ihre Versionen vergleichen, dachte Ramón, um die Unstimmigkeiten zu finden. – «Und warum erzähle ich Ihnen das alles?»

Ramón zeigte auf Benitos Käfig.

«Ach ja, richtig, wegen meines Cousins. Sie haben die beiden im Dorf festgehalten, und bevor sie die Polizei gerufen haben, hat der Bürgermeister darum gebeten, dass der Pfarrer noch mit ihnen spricht, damit sie die Wahrheit sagen. Wer weiß, was sie da gesagt haben, aber es kam raus, dass es Fidelia war, und sie haben sie dann auch mitgenommen. Meine arme Tante war mit der Beerdigung ganz allein, beim Begräbnis selbst war ich dann auch da. Als sie den Sarg in die Grube hinabließen, hörte man, dass es ganz leise klopfte, wie an einer Tür, und meine Tante schrie: Er lebt! Holt ihn raus! Holt ihn raus! Er lebt!» Elodias Schreien erschreckte Benito. «Und dass sie den Sarg aufmachen sollen, aber sie öffneten ihn nicht. Irgendjemandem fiel dann ein, dass das wohl der Kopf war, der lose herumrollte und gegen das Holz schlug. Meine Tante musste dann bewacht werden, weil sie auf den Friedhof gehen und das Grab öffnen wollte, sie war sich sicher, dass sie ihn lebendig begraben hatten. Als mein Cousin wieder rauskam, war er sehr in sich gekehrt und ist nach kurzer Zeit verschwunden. Er ist wohl auf die andere Seite gegangen. Und die arme Fidelia, wer weiß, welchem Laster sie sich in der Haft hingab, aber eines Tages hatte sie davon eine Überdosis, die hat sie nicht vertragen. Die Arme starb in einem Gefängnis in San Luis Potosí. Heben Sie Ihre Füße ein wenig, damit ich darunter wischen kann? So ist es gut, danke.»

15

Der Körper eines jeden seiner Patienten hatte ungefähr tausend Milliarden Zellen – der von Joaquín Aldama selbst wies zwar eine vergleichbare Anzahl auf, daran dachte er aber nicht so häufig. Eine einzige beschädigte Zelle in einer Billion: Das reichte für Krebs. Von diesen ungeheuren Zahlen ausgehend, schien ihm das Erstaunen über die Existenz der Krankheit und über ihr reichliches Vorhandensein auf einem Planeten von Langlebigen nicht angemessen zu sein; für ihn war es viel erstaunlicher, auf der Straße so viele gesunde Leute zu sehen, denn die Gesundheit war, anders als es die naturheilkundlichen Quacksalber verbreiteten, kein Zustand des Friedens und der Harmonie mit der Umwelt, sondern ein flüchtiger Sieg über das Chaos, ein verkrampftes Gleichgewicht auf einem über den Abgrund der Entropie gespannten Seil. Was sie im Fernsehen als «Gesundheit» verkauften, war das Opium eines narzisstischen Jahrhunderts, eine Chimäre der Werbung, um Vitamine, Salat und Sportbekleidung zu verkaufen, aber unnütz, wenn man die Beziehungen des Körpers mit seiner Umwelt deuten wollte. So wie die Pest und Tuberkulose in anderen Zeiten, entlarvte nun der Krebs die gigantische Farce vom natürlichen Gleichgewicht, dieses falsche Gewand eines Kaisers, der eigentlich nackt und verhärmt war. Die Zellen des menschlichen Körpers waren wie die Menschen selbst gehorsame Diener; aber manchmal gab es ein aufmüpfiges Mädchen, das sich der Ordnung entzog, sich fortpflanzte und, wenn sein Stamm schon Legion war, zu einer Bedrohung für das Imperium wurde; dann riefen sie den Spezialisten, den Onkologen oder Chirurgen, um den Aufstand niederzuschlagen. Es gab beispielsweise eine Billion Zellen, die auf den Namen Ramón Martínez hörten, und unter ihnen lebte ein Grüppchen Aufständischer, Millionen von ihnen bedauerlicherweise in seinem linken Lungenflügel, trotz der Glossektomie und des intravenösen Trommelfeuers der hochdosierten Chemotherapie-Zyklen.

Er war an der Zeit, dachte Aldama, zur Behandlung mit Off-Label-Substanzen und täglichen Bestrahlungen überzugehen. Er bedauerte es, ein so hartes Therapieprotokoll wählen zu müssen, aber er hatte keine Wahl. Das Leben stand auf dem Spiel, und damit auch seine vielversprechende Studie. Das Genom dieses Patienten konnte zum Stein von Rosetta der Onkologie werden, war vielleicht der Schlüssel, um die Grammatik des Krebses zu entziffern, seine innere Logik.

Neben den Lungenmetastasen hatten sie im Labor des Instituts auch eine unbekannte Mutation des Gens FOXO1 in den Rhabdomyoblasten gefunden. Normalerweise wirkte dieses Gen regulierend im Fettgewebe und als Tumorsuppressor. Aldama nahm an, dass diese defekte Variante des FOXO1 sowohl in die Neigung zum Übergewicht bei Familie Martínez als auch in die mysteriöse Genese des infantilen Tumors involviert war.

Diese Entdeckung verdiente einen privilegierten Platz in den internationalen Fachzeitschriften. Wie sollte er sie nennen? *FOXO1-Mutations: A Common Link Between Obesity and Alveolar Rhabdomiosarcoma*? Besser knapper und überzeugender: *Obesity and Cancer: Genetic Correlations*? Vielleicht. Er vertraute darauf, dass diese Publikation ein überwältigendes Echo in der mexikanischen Presse finden würde, mit vereinfachenden Aufmachern wie: «Mexikanischer Arzt findet die Ursache von Krebs im Gen für Fettleibigkeit» oder «Rettungsringe und Tumoren: die geheime Verbindung».

Beflügelt von seinen großen Erwartungen schickte er dem besten Genetiker des Landes eine Mail und lud ihn ein, mit ihm und Luis Ramírez zusammenzuarbeiten: «Wir sind ziemlich sicher, dass dieses Sarkom mit einem spezifischen Wachstumsfaktor vom Typ Insulin in Zusammenhang steht», schrieb er. Nachdem er seine Bitte vorgebracht hatte, das Genom mehrerer Zellreihen zu analysieren, schloss er effekthascherisch: «Niemals zuvor hatte ich einen so interessanten Fall, und ich denke, es lohnt sich, ihm eine erstklassige Studie durch so herausragende Forscher, wie Sie es sind, zu widmen.»

Aldama kannte die Gerüchte, die auf den Fluren des Instituts kursierten: Sein Enthusiasmus sei eine Folge des Alzheimer-Syndroms, er strebe in Ermangelung einer Geliebten nach dem Nobelpreis, er sei Doktor Quijote mit dem Pathologen Sancho, der auf klapprigen Hypothesen durch unbekannte Landstriche der Genomik ritt. Es kümmerte ihn wenig. Er dachte, wenn der Neid ein Virus wäre, dann wäre es Herpes, weitverbreitet und opportunistisch, fatal für die Geschwächten, doch harmlos für die Starken.

16

In ihrer ganzen Familie verstand niemand außer Paulina wirklich, wie schwer die Nachricht wog, dass ihr Papa Metastasen hatte. Ihrer Mama zufolge war der Arzt optimistisch gewesen, doch sie konnte das nicht glauben: Alle Internetforen stimmten darin überein, dass die Prognose für ein Sarkom mit Metastasen sehr schlecht war. Sie bedauerte es, ihren Papa nicht zu den Untersuchungen begleiten zu können, um dort dem Arzt die Fragen zu stellen, die ihre Mutter ihr nicht beantworten konnte.

Die Unsicherheit war dem Hunger so ähnlich und brachte sie dazu, zwanghaft zu essen. In der gleichen Geschwindigkeit, mit der ihr Vater Kilos verlor, nahm sie zu. Ihre Freundinnen versuchten sie davon zu überzeugen, Meringues durch Möhren zu ersetzen und Schokolade durch Jícamas, aber diese leichten und ballaststoffhaltigen Lebensmittel genügten nicht, um den Stress zu lindern, unter dem sie litt.

Die übrigen Klassenkameraden, denen die Probleme von Paulinas Familie gleichgültig waren, erkoren sie bald zum Gegenstand ihres Spotts, der bis dahin vor allem Genaro alias «das tapfere Schweinchen» getroffen hatte.

Das Heilmittel gegen Paulinas Abhängigkeit fand sich durch einen Unfall in der Schule. Im Matheunterricht bei einem unfähigen Lehrer, den sie Velociraptor getauft hatten, da er stets mit angewinkelten Armen und vorgerecktem Kopf ging, überfiel sie ein enormes Verlangen nach Kohlenhydraten.

An diesem Morgen hatte Paulina versäumt, ihre Schultasche mit Süßigkeiten zu befüllen, weshalb sie nichts zum Zeitvertreib hatte, bis sie in der Pause in der Cafeteria ein *Chilaquiles*-Sandwich kaufen könnte. Sie dachte an die sagenhafte Mischung aus Brot, Tortilla-Chips, Salsa, Hühnchen und Crème fraîche und schaute ständig auf die Uhr, während der Velociraptor an der Tafel etwas von stumpfen Winkeln brabbelte.

Sie erwog, den Lunch mit einem Schoko-Muffin und einem Chili-Karamell-Eis abzurunden. Sie hielt es für vernünftig, die Hälfte des Muffins für den Heimweg aufzubewahren, sodass der Hunger sie auf der langen Strecke im Schulbus nicht wieder quälen konnte, bevor dann zu Hause Elodia schon mit dem Essen warten würde.

Fünf Minuten vor Ende der Stunde holte Paulina das genau abgezählte Geld für das Sandwich und den Muffin heraus. Sie wollte so schnell wie möglich den Klassenraum verlassen, um die Schlangen, die sich in der Cafeteria bildeten, zu vermeiden. Mit den Münzen in der linken Hand notierte sie in ihrer Agenda die Hausaufgaben und begann, ihre Sachen im Rucksack zu verstauen.

Als es klingelte, wollte Paulina aufspringen, aber wegen eines Fehlers in der Berechnung ihrer eigenen abdominalen Ausmaße blieb sie in ihrer Bank stecken, verlor das Gleichgewicht und stürzte in den Gang. Der Stuhl fiel auf sie, ein Heft traf sie auf den Kopf, das Federtäschchen landete auf dem Boden, und die Stifte verteilten sich unter den Bänken.

«Was ist denn dahinten los, Leute?», fragte der Velociraptor, während ein Chor aus Gelächter den Zwischenfall feierte.

Paulina versuchte aufzustehen, doch mit der unnützen Hand, die noch die Münzen umklammerte, mit achtzehn Kilo Übergewicht und einer Schulbank auf dem Rücken gelang ihr das nicht.

Genaro gab eine Kostprobe seiner sprichwörtlichen Tapferkeit zum Besten und eilte ihr zu Hilfe, noch bevor Paulinas beste Freundin Leonora, die am anderen Ende des Klassenraumes saß, sich zu ihr durchgekämpft hatte. Beide halfen Paulina, aufzustehen und ihre überall verteilten Stifte und Hefte einzusammeln. Leonora blieb bei ihr, bis sich der Raum geleert hatte.

«Hast du dir sehr weh getan?», fragte sie.

«Nein. Nur an der Schulter», sagte Paulina und rieb sich die Stelle.

«Willst du ins Krankenzimmer gehen? Ich begleite dich.»

«Nein, es geht mir gut.»

«Dann lass uns was essen gehen, ich lade dich ein», schlug Leonora vor, um sie zu trösten.

In Paulinas Innerem hallten das Getöse ihres Sturzes und das Rauschen des spöttischen Gelächters nach. Sie war kurz davor, in Tränen auszubrechen.

«Ich habe keinen Hunger», antwortete sie.

17

Elodia platzte ins Arbeitszimmer und weckte Ramón aus einem Nickerchen.

«Señor, helfen Sie mir mit Benito, er ist nicht mehr im Käfig!», rief sie aufgeregt.

Ramón stand so schnell auf, dass ihm schwindelig wurde und er sich am Stuhl festhalten musste, um nicht hinzufallen. Er bat Elodia mit Zeichen, ihm beim Gehen zu helfen. Untergehakt wie ein achtzigjähriges Brautpaar, beeilten sie sich, nach draußen zu kommen. Dort saß Benito auf einem Ast der großen Esche, die über dem Garten emporragte.

Jetzt schau einer an, dachte Ramón voller Stolz auf Benitos Heldentat. Hätte ich gewusst, dass du solche Kunststückchen kannst, hätte ich dich nach diesem Narco benannt, wie heißt er gleich? Chapo, Joaquín «el Chapo» Guzmán, aber du natürlich Martínez, du gehörst ja schon zur Familie.

«Komm schon, Benito, wenn du runterkommst, kriegst du was Feines!», schrie Elodia. «Hast du Lust auf eine Tomate? Komm runter, und ich gebe dir eine.»

Lass ihn in Ruhe, sagte sich Ramón, noch ein Weilchen, dann kommt er wieder runter.

Der Papagei sah sehr zufrieden aus. Er hockte auf einem dicken, gebogenen Ast, der sich seinen Krallen viel besser anpasste als die dünne Kanarienstange, auf der er die Tage verbrachte. Das Limettengrün seiner Federn bildete einen lebendigen Kontrast zu den dunkelgrünen Blättern der Esche.

Genervt murmelte Elodia mit faschistischer Entschlossenheit: «Ich hole den Gartenschlauch. Du wirst schon sehen.»

Ramón hielt sie auf und mahnte sie mit einer päpstlichen Geste zur Ruhe.

Mach dir keine Sorgen, Benito, ich pass auf die Alte auf.

«Sie machen sich keine Vorstellung, was ich für einen Schreck gekriegt habe, ich höre ihn seine Zoten kreischen und als ich mich umdrehe, ist sein Käfig leer.»

Ramón hätte gern gewusst, was Benito gerufen hatte, um seine Flucht zu feiern. In diesem Augenblick war der Papagei still und beobachtete sie neugierig.

«Soll ich die Feuerwehr rufen?», fragte sie.

Jetzt lass diesen Erste-Welt-Blödsinn, dachte Ramón und schüttelte langsam und beschwichtigend den Kopf. Er zeigte auf die Küche und imitierte den Verzehr einer ovalen Frucht.

«Eine Tomate?»

Genau. Und bringen Sie sie kleingeschnitten, dachte Ramón, während er dies mit Gesten andeutete.

Elodia folgte seinen Anweisungen Wort für Wort. Sie kam mit einem Teller voller Tomatenstückchen wieder und bot sie Benito an, indem sie den Teller mit beiden Händen in den Baum hob, als wäre sie eine Mexica-Priesterin, die ein den Göttern geweihtes Herz opfert.

Benito betrachtete die Tomaten mit Interesse, bewegte sich aber nicht von dem Ast, auf dem er saß. Ramón ging zu Elodia, bat sie um die Tomaten und verlangte, mit dem Papagei alleingelassen zu werden. Kaum hatte sie den Garten verlassen, setzte sich Ramón und stellte den Teller mit den Tomaten auf den Tisch, direkt neben die offene Tür des Käfigs.

Ich werde dich zu nichts zwingen. Es ist doch klar, dass du raus aus diesem Dreckskäfig wolltest. Du hast den Mechanismus analysiert und geübt. Meine Hochachtung. Du hast jedes Recht der Welt, dort oben zu bleiben. Aber ich warne dich. Einfach wird es nicht. In dieser Siedlung leben viele Katzen. Ein Moment der Unachtsamkeit, und sie werden dich fertigmachen, ohne Pardon. Pass auf dich auf. Und noch was: die Kälte. Du weißt ja nicht, wie kalt es hier draußen wird. Und du kommst aus dem Urwald, du verträgst das nicht. Ich sage dir das nur, damit du keine böse Überraschung erlebst. Denk dran, dass ich bald schon das Geld für die Uhr bekomme, und dann kaufe ich dir den Käfig, den ich dir versprochen habe. Mehr noch: Hättest du gern eine Freundin? Ich lass dir eine besorgen. Die hübscheste, die es gibt. Liebevoll. Was hältst du davon? Nutz ruhig aus, dass ich Kohle haben werde. Viel Zeit bleibt nicht mehr. Kürzlich war mir so elend zumute, dass ich die Pistole geholt habe. Ich war kurz davor, habe mich aber wieder beruhigt. Man muss auf den richtigen Augenblick warten. Darum sag ich dir: Wenn du jetzt runterkommst und noch eine Woche aushältst, wirst du sehen … Eine Luxuswohnung, ein Weibchen für dich allein. Ich habe volles Verständnis, wenn du mein Angebot ablehnst. Frag mich mal, ob ich etwa nicht weiß, was es heißt, den ganzen Tag eingesperrt zu sein. Und dann noch: Hunger und Übelkeit, Schmerzen, das scheiß Zittern in den Beinen. Sie sagen, ich solle Geduld haben, aber wozu? Wenn ich nie mehr tun kann, was ich mag, wenn ich eine Last für meine Familie sein werde. Ich gehöre in den Gerichtssaal, zu Verhandlungen. Als ich zwanzig war, habe ich mit dem Anwalt Villanueva im Ministerium für Arbeit gearbeitet, und eines Tages hat er mich im Viertel Zona Rosa zum Essen eingeladen, ins «Bellinghausen». Es war das erste Mal, dass ich an einem Tisch mit weißen Decken und Stoffservietten saß. Ich fühlte mich wie ein König. Bringen Sie ihm ein *Chamorro*, sagte der Anwalt zum Kellner. Es war göttlich. Und kaum hatte ich selbst ausreichende Mittel, bin ich in das gleiche Restaurant gegangen, um diese Schweinshaxen zu essen. Ich habe dort so oft gegessen und werde es nie wieder können. Weißt du, was das heißt, in der Gewissheit zu leben, dass du nie wieder *Chamorro* im «Bellinghausen» essen wirst? Bei mir kann man nichts mehr machen. Aber in deinem Fall ist das anders: Schau nur, wie köstlich diese Tomate aussieht.

Trotz des appetitlichen Köders flog Benito von Ast zu Ast, bis er die höchste Krone erreicht hatte, von wo aus er voller Freude «Scheißkerl!» jubelte.

Ramón lächelte mit einer Mischung aus Stolz und Verbitterung, Neid und Melancholie. Er schaute hoch in den Himmel, wo sich Benito befand, und stellte sich vor, wie er selbst aus jener Höhe aussah, und er fühlte sich winzig, viel zu klein für diese ganzen Ausgaben für Ärzte und Medikamente, für so viel Erschöpfung und Schmerz; er fühlte sich, zusammengefasst, ein wenig von sich selbst erleichtert.

Danach stellte er sich vor, welche Landschaft Benito sehen konnte: einen Wald aus Wassertanks, Antennen und Gebäuden, umhüllt von einer dichten Wolke aus Staub und Rauch, die man Smog nannte – das Wort so hässlich wie die Sache selbst – und die der Stadt ihre schönste Aussicht nahm: die Vulkane Popocatépetl und Iztaccíhuatl, der alte Raucher und die schlafende Frau, ein Paar, das dem Horizont Sex verlieh. Als Kind hatte Ramón oft davon geträumt, die Vulkane zu besteigen, den Schnee zu berühren, sich über den Krater des Popocatépetl zu beugen und in die orangefarbene

Mitte der Erde zu blicken. Ramón hatte die Vulkane wie seine Unschuld verloren: ohne es zu bemerken, viele Jahre später.

Ein Windstoß schüttelte die Äste der Esche, und kurz darauf war ein von den Sträuchern des Gartens gedämpfter Schlag zu hören. Benito war vom Baum gefallen. Ramón sprang auf und beeilte sich, ihn mit dem vorderen Teil seines Ponchos zu fangen. Der Papagei war so verblüfft, dass er keinen Widerstand leistete.

Zurück in seinem Käfig, verschlang Benito die Tomate, denn er hatte viele Stunden nichts gefressen. Um eine erneute Flucht zu verhindern, sicherte Ramón die Käfigtür mit einem Knoten aus Draht. In weniger als einer Woche, versprach er dem Papagei, ziehst du in einen besseren Käfig.

18

«Heute habe ich keine Lust zu reden», sagte Teresa zu Beginn der Therapiesitzung mit ihrer Analytikerin.

«Warum nicht?»

«Ich bin müde. Aber das ist es nicht. Auf dem Weg hierher habe ich darüber nachgedacht, ob zwei Sitzungen pro Woche nicht langsam zu viel sind», sie machte eine nachdenkliche Pause. «Es geht mir nicht so wie in der Zeit, als ich von Montag bis Donnerstag bei Ruffatto war.» Juan Luis Ruffatto war ein argentinischer Psychoanalytiker im Exil, berühmt für seine umfassende Bildung und die psychedelischen Auszeiten, die er in Malinalco anbot. «Damals musste ich reden und reden, alles auspacken, verstehen, was ich zwischen meiner Scheidung und dem Krebs gemacht hatte. Dieses schwarze Loch. Und es war sehr hart, dann zu bemerken, dass das ganze Reden überhaupt nichts gebracht hatte; ich hatte mich so angestrengt.»

«Gut», unterbrach sie die Analytikerin, «ich glaube, dass es einen großen Einfluss hatte, wie Ruffatto war und was er von dir wollte ...»

«Ja, aber damals wollte ich eine superorthodoxe Psychoanalyse und war am Ende nur noch genervt. Als du mir vorgeschlagen hast, dass wir uns zweimal die Woche sehen, hatte ich meine Zweifel, aber dann habe ich gedacht: Okay, sie ist nicht nur meine Therapeutin, sondern auch meine Supervisorin, also haben wir viel zu besprechen. Und es hat funktioniert. Aber jetzt sind es schon … wie viel, sieben Jahre?» Die Analytikerin nickte. «Als Psychoanalytikerin bin ich sehr gewachsen, natürlich dank deiner Unterstützung. Jeden Tag fühle ich mich sicherer im Umgang mit meinen Patienten, mit den Ausnahmen, die du kennst. Ich weiß, dass die Supervision mir geholfen hat, meine Unsicherheit als Analytikerin zu überwinden, aber was meine eigene Analyse angeht, ach, ich weiß nicht. Alles zusammen gerechnet liege ich seit dreißig Jahren auf dieser Couch. Obwohl ich mich mit mir selbst versöhnt habe, auch damit, alleine zu leben, oder vielleicht auch nicht, auf jeden Fall bin ich immer noch unzufrieden. Wann kommt der Punkt, an dem sich dieses Gespräch in ein Delirium verwandelt?»

«Das ganze symbolische Register kann als Delirium gesehen werden.»

«Genau», antwortete Teresa, «und manchmal würde ich gerne mehr im Imaginären leben, mich mit den Vorstellungen anderer Leute identifizieren, sie kennenlernen, ihnen zuhören.»

«Kennst du deine Patienten denn nicht, hörst du ihnen nicht zu?»

«Das ist es ja, was mich traurig macht – eben nicht. Wenn ich in der Therapiesitzung bin, strenge ich mich die ganze Zeit an, ihre unbewussten Nachrichten zu interpretieren, das, was der Patient mir erzählt, mit dem in Verbindung zu bringen, was er mir vorher erzählt hat oder was Freud in jenem Buch sagt, oder mit dem, was ich selbst gerade lese. Das heißt, was ich mit den Patienten mache, ist analysieren, aber nicht zuhören. Oder ich höre ihnen zu, aber viel zu aktiv, so als würde ich sie permanent in meinem Kopf unterbrechen. Und das Gleiche passiert mir, wenn ich alleine bin, ich kann mich selbst nicht in Frieden lassen, nur wenn ich Cannabis rauche, aber sonst analysiere ich mich die ganze Zeit, und das hat natürlich mit unseren Sitzungen zu tun.»

«Seit wann empfindest du das so?»

«Ich habe darüber nachgedacht … seit ich Ramón behandele, den, der die Zunge verloren hat. Das ist schon beeindruckend, ein so mitteilsamer, eitler, starker Mann – und plötzlich: nichts. Das Schweigen hat ihn verändert. Ich habe ihn gefragt, ob er Phantomschmerzen hat. Er beschwert sich aber nur über die Unannehmlichkeiten. Typisch für ein patriarchales Subjekt: Das Leben ist Beherrschung, Kampf und Komfort, Mut oder Lust, er versteht den leidenden, kranken Körper nicht. Auf einmal weiß er nicht mehr, wer er ist. Ständig hat er außerkörperliche Erfahrungen: Er träumt, dass er schwebt, dass er gegen die Decke stößt und dort unten seinen Kopf sieht und seinen liegenden Körper, im Schlaf. Und er hat Angst, dass er sich verletzt, wenn er aufwacht und hinunterstürzt. Der Körper ist ein anderer. Ich habe überlegt, dass es wohl darum Schweigegelübde gibt. Die Buddhisten, die Kartäuser, die Eremiten. Das Schweigen distanziert dich vom Fleisch. Das ist ein Paradoxon, oder? Dass die Sprache, so unsichtbar sie ist, gerade das sein soll, was uns an den Körper bindet? In der Therapie hat er letztens angefangen, über die Luftverschmutzung zu schreiben, die IMECA-Werte zur Messung der Luftsauberkeit, Ozonwerte. Er ist wie besessen vom Thema der Luftqualität in der Stadt, er bittet seine Tochter jeden Tag darum, auf der Regierungsseite im Internet nachzuschauen, wie die Luft ist. Ich glaube, das ist auch eine Art, das Zusammenleben mit ihr zu gestalten. Sie hat versucht, ihm beizubringen, das Internet zu benutzen, aber das will er nicht. Ich habe den Eindruck, dass er die Technologie mit seiner eigenen Sterblichkeit assoziiert, mit seiner eigenen, vorprogrammierten Obsoleszenz.»

«Wie bringst du diese Besessenheit mit dem in Verbindung, was du selbst erlebst?», fragte die Therapeutin, um zu verhindern, dass Teresa von sich selbst ablenkte.

«Nun, ich glaube, das Schweigen und der Luftröhrenschnitt, den er hatte, und dass sie jetzt Metastasen in der Lunge gefunden haben, das spielt alles eine Rolle. Die schlechte Nachricht mit der Lunge scheint ihn auf der Bewusstseinsebene nicht wirklich getroffen zu haben. Eine Möglichkeit ist, dass er das unterdrückt oder mit der Frage seines Erbes ersetzt, aber die andere Möglichkeit ist, dass er sich nicht mehr mit seinem Körper identifiziert und es ihm darum egal ist. Er hat keine emotionale Reaktion gezeigt.»

«Identifizierst du dich damit?»

«Was?», fragte Teresa.

«Seine Beziehung zum Körper.»

«Ich glaube nicht. Keine Ahnung. Möglicherweise identifiziere ich mich mit ihm, denn weil er nicht sprechen kann, rede ich viel mehr als sonst, und ich habe Persönliches aus meiner eigenen Behandlung mit ihm geteilt, wie ich die Chemotherapie erlebt habe, den Haarausfall, die Hitzewallungen und so weiter. Aber ich merke auch, dass er sich nicht mit mir als Patientin identifiziert, auch wenn er selbst gerade eine höllische Chemotherapie bekommt. Es sieht so aus, als würde er nicht erkennen, dass all diese Dinge ihm geschehen. Obwohl sie ihm weh tun, natürlich, er leidet schrecklich.»

«Du identifizierst dich mit ihm, aber er sich nicht mit dir ...»

«Ich nehme an, dass ich mich mit ihm identifiziere, weil wir in seinen Therapiesitzungen beide Patienten sind und weil ich mir für mich selbst diese distanzierte Abneigung gewünscht hätte, die er dem Krebs gegenüber empfindet. Die Krankheit interessiert ihn nicht, sie sagt ihm nichts. Für ihn ist sie wie ein Unfall, wie eine Grippe, in diesem Sinne ist er sehr gesund. Stell dir vor, wie es wäre, wenn er sich mit der Frage quälen würde, was er falsch gemacht hat, welche Gefühle er unterdrückt hat und das ganze Zeug. Abgesehen davon, dass er kein spiritueller Mensch ist, hat, glaube ich, der Verlust seiner Zunge verhindert, dass er diese Identifikation von Körper und Geist vollzieht, die so viel Schaden anrichtet, die mich selbst so umgetrieben hat, obwohl mein Krebs ja erblich ist, dieses Risiko bei mir also immer bestand, und trotz alledem habe ich den Krebs als meine eigene Schuld empfunden, als meinen Fehler. Er nicht. Dank der Amputation hat er sich all diese narzisstischen Fiktionen erspart, die das Ich mit dem Körper gleichsetzen. Bei mir war es umgekehrt: Als sie mir meine Brüste nahmen, habe ich einen vollständigen Verlust des Ich erlitten. Und es sind so viele Jahre vergangen und immer noch …»

Teresa schwieg in der Annahme, dass die Analytikerin die Sitzung an dieser Stelle unterbrechen würde. Sie hatte sich getäuscht.

«Du sprichst von ihm wie von einem erleuchteten Weisen, aber auch wie von einem verschreckten Mann. Irgendetwas passt da nicht. Kann es sein, dass sein Schweigen dich auf eine gewisse Weise verführt hat, dass es verhindert, dass du von dem enttäuscht wirst, was er sagen könnte? Jemand, der schweigt, wirkt wie befreit von dieser exzessiven Lust, die uns quält, von diesem gänzlich anderen, das die Identifikation verhindert. Mehr noch: Das ist wohl der Grund, warum wir Lacanianer während der Therapiesitzungen nicht sprechen. Aber jetzt hätte ich gerne, dass wir uns wie zwei professionelle Psychoanalytikerinnen unterhalten und dein Bedürfnis, die Analyse zu beenden, von beiden Seiten betrachten. Es hat den Anschein, dass du, indem du in den Therapiesitzungen mit diesem Patienten mehr sprechen musstest, wieder angefangen hast, an das Versprechen des Verlangens zu glauben, und das Schweigen erlaubt es dir nun, das Treffen mit seiner Leere aufzuschieben.»

«Ich glaube eben, dass gerade das nicht funktioniert», Teresa betonte das neutrale Pronomen, um das Objekt ihrer Ablehnung mehrdeutig zu halten. «Die Psychoanalyse geht von der Notwendigkeit aus, das Unbewusste zu verbalisieren, um die Metonymien des unstillbaren Verlangens zu neutralisieren. Aber was ich nun sehe, ist, dass man einfach eine Abkürzung nehmen kann, um diese Leere zu retten, ein Schnitt. Man kann mit einem sauberen Schnitt die Notwendigkeit des Geschwätzes abschneiden, das uns, wie wir wissen, sowieso nicht vor dem Realen retten wird.»

Indem sie die Validität der Theorie in Frage stellte, die die Grundlage ihres Berufs war, hatte Teresa ihre Analytikerin ins Schach gesetzt, und deren Antwort war offen abwehrend:

«Warum weiterhin einen Patienten sehen, wenn keine Psychoanalyse nötig ist? Glaubst du nicht, dass du seine Behandlung sabotieren könntest, es wäre ja nicht das erste Mal?»

Sie bezog sich damit auf die neurotische Abneigung gegen Männer, die Teresa nach der Mastektomie entwickelt hatte. Die Analyse hatte aufgedeckt, dass dieser Hass ein Schutzmechanismus gegen die männlichen Zurückweisungen ihrer verstümmelten Weiblichkeit war. Um antizipatorisch zu verhindern, dass ein Mann ihren unvollständigen Körper geringschätzte, hatte Teresa die Männer aus ihrem libidinösen Spektrum verbannt. Sie weigerte sich, diese Interpretation ihres Psychismus zu akzeptieren, und verwendete stattdessen eine klassisch freudianische Erklärung: Als Mutterschaft unmöglich geworden war, hatte der Mann, dieses Anhängsel vom Penis, seinen ganzen Wert für sie verloren. Unglücklicherweise passten die Muttergefühle, die sie ihrem Lieblingspatienten Eduardo gegenüber hegte, nicht zu dieser Theorie. Dennoch hatte Teresa nie ganz akzeptiert, dass ihre Schwierigkeiten mit Patienten männlichen Geschlechts mit einem psychischen Abwehrmechanismus zu begründen wären. Es gab eine weitere, viel einfachere Möglichkeit: dass Männer wegen ihrer machohaften Ablehnung, sich Frauen gegenüber emotional zu öffnen, schwierigere Patienten waren. Weder weinten Männer, noch akzeptierten sie, dass eine Frau sich in der Hierarchie über sie stellte, nicht einmal in der Intimität eines psychotherapeutischen Sprechzimmers.

«Meine Erfahrungen mit Ramón sind ganz anders als die, die ich mit den Patienten damals gemacht hatte. Er ist kein Macho, der unfähig ist, seine Gefühle auszudrücken; er ist zwar ein Macho, da gibt es keine Zweifel, aber seine Gefühle liegen vollkommen offen und haben nicht so sehr mit den Bedrohungen durch den Krebs zu tun als vielmehr mit einem großen moralischen Dilemma und der Trauer um die Person, die er vorher war. Und ich sehe ihn weiterhin, weil er zwar wie ein Erleuchteter wirkt», schob Teresa vorwurfsvoll ein, «aber sich doch in einem großen Konflikt befindet, wenn auch nicht mit dem Krebs, sondern mit dem Todestrieb an sich. Wenn man die Objekte der Libido verliert, in seinem Fall sind es das

Wort und der Erfolg bei der Arbeit, kann sich der Todestrieb gegen das Ego wenden, und ich denke, genau das geschieht. Er ist so ruhig, weil er weiß, dass er sich umbringen wird, wenn er die Entscheidung dazu trifft. Ich will verhindern, dass das passiert. Ich sehe ihn nicht nur zu meinem Vergnügen.»

Um die zwischen ihnen aufgekommene Feindseligkeit zu lindern, wechselte die Therapeutin das Thema.

«Wie hast du das mit dem Marihuana bei ihm geregelt?»

Teresa akzeptierte den Waffenstillstand.

«Ich habe es ihm behutsam vorgeschlagen, und er hat mich zum Teufel geschickt. Teilweise wegen der üblichen Vorurteile und teilweise, weil er sein ganzes Unwohlsein, die Nervenschmerzen und die Blutungen im Konflikt mit seinem Bruder sublimiert, dem er seine Schulden nicht bezahlen möchte. Er versteht sein eigenes Leiden als Kompensation, die ihn von der moralischen Verpflichtung zu zahlen befreit. Er hat sich nur darum noch nicht das Leben genommen, weil er die Quote an körperlichem Leid noch nicht erfüllt hat, die er für seine innere Ruhe braucht, denn eigentlich hält er es selbst für Betrug. Darum nimmt er die Strafe an. Gott sei Dank hat er nicht das Geld, um seinen Bruder zu bezahlen, er hätte sich sonst schon längst umgebracht.»

«Und wie würde das Marihuana zu dieser Lage passen?»

«Er hat Lungenmetastasen, und das Marihuana könnte ihm sehr helfen, es könnte sowohl die Schmerzen lindern als auch die Zellen eliminieren. Ich weiß schon, du denkst, das wäre meine fixe Idee, aber es funktioniert wirklich. Ich bin nicht verrückt.»

«Glaubte ich, dass du verrückt bist, würde ich alles verraten, was ich über den menschlichen Geist denke», antwortete die Analytikerin versöhnlich.

«Ja, ich weiß. Nimm mich nicht so ernst. Ich verzweifele nur daran, in einer so heuchlerischen Gesellschaft zu leben.»

«Genau deshalb bist du nicht verrückt», scherzte die Analytikerin. «Wir haben uns von einem wichtigen Thema entfernt. Du hast darüber nachgedacht, nur noch einmal pro Woche zu kommen. Würdest du denn auch neue Patienten ablehnen? Wie ich es verstehe, bist du ausgelastet?»

«Das Über-Ich verbietet es mir. Die Patienten finden nicht leicht jemanden, der sie so versteht wie ich, mit der gleichen Erfahrung wie sie.»

«Du könntest sie beispielsweise zu den Selbsthilfegruppen einladen, die du anbietest, und dafür samstags keine Sprechstunde mehr halten.»

Teresa dachte sofort an Eduardo, den seine Mutter nur an diesem Tag zur Therapiesitzung bringen konnte. Sie wollte ihn nicht aufgeben, obwohl es für ihn vielleicht besser wäre, wenn sie ihn an einen Therapeuten wie Ruffatto überweisen würde, einen Mann mit der Aura einer Eminenz, den Eduardo als Autoritätsfigur annehmen könnte.

«Ich weiß nicht», sagte sie nach einem langen Schweigen, «lieber wäre mir ein Urlaub, ich bin seit Jahren nicht weg gewesen. Aber wer soll meine Pflanzen gießen? Die brauchen mehr Pflege als ein Ehemann, wirklich.» Die Analytikerin lächelte gezwungen, um den Witz zu würdigen. «Eigentlich», fuhr Teresa fort, «brauche ich Urlaub von mir selbst, von mir als Therapeutin und von mir als Patientin, als Koordinatorin, als Gärtnerin, von allem. Ich würde gerne an den Strand gehen und einfach nur schlafen.»

Die Analytikerin schwieg weiter. Teresa griff auf einen existenzialistischen Topos zurück:

«Sartre sagt, die Hölle sind die anderen, und er hat recht.

Das Problem ist, dass manchmal ich eine andere bin und folglich ich selbst die Hölle bin, meine Hölle, für mich.»

Wieder keine Antwort. In einem scherzhaften Ton sagte Teresa:

«Ich nehme jetzt an, dass du die Sitzung nicht beendest, weil ich gesagt hatte, dass ich nicht mehr zweimal pro Woche kommen möchte. Die Frage ist ganz offensichtlich, ob ich nicht mehr zweimal pro Woche kommen *muss*.»

Teresa bemühte sich, ihre Analytikerin bei der Frage, ob sie die Frequenz der Sitzungen reduzieren sollte oder nicht, an die mythische «Position des Wissens» zu versetzen. Jeder Analytiker musste es ablehnen, diese symbolische Rolle zu übernehmen: Das Wissen befand sich nicht in seiner Person, sondern im Unbewussten des Analysierten. Darum lenkte die Analytikerin die Aufmerksamkeit von sich ab und auf ein Detail in Teresas Argumentation:

«Heute hast du einige Male das Wort ‹offensichtlich› benutzt. Was denkst du, was das bedeutet?»

«Das ist offensichtlich», sagte Teresa mit einem ironischen Lächeln.

Für eine Psychoanalytikerin konnte nichts offensichtlich sein, aber sie brauchte jemanden, für den es das war, ein Gegenüber, das nicht permanent analysierte, was sie sagte, nicht hinterfragte, sondern wie durch ein durchsichtiges Fenster zu ihr, Teresa, herübersah, und aus Zuneigung und Neugier zuhören wollte, nicht nur von Berufs wegen. Es war nicht das Übermaß an Analyse, was sie störte, sondern ihr fehlten im Gegenteil freundschaftliche, unbedachte, grundlose Worte.

«Wann sehen wir uns?», fragte die Analytikerin.

«Am Dienstag, so wie immer.»

19

Nach zwei Stunden im Stau kam Carmela nach Hause. Es war schon spät. In der Küche saß noch Paulina und lernte. Sie schalt sie, dass sie so lange wach blieb. Als Abendbrot aß sie eine Schüssel Müsli. Sie brauchte lange dafür, sie abzuwaschen. Mit dem schweren Schritt eines erschöpften Alpinisten stieg sie die Treppe hoch. Sie lehnte den Kopf seitlich an Mateos Tür, um zu hören, ob er noch wach war. Sie ging weiter. Ramón schaute Nachrichten, sie fragte ihn, wie es ihm ging, bat ihn, den Fernseher auszuschalten, holte aus ihrer Tasche die goldene Uhr und legte sie ohne jede Aufregung aufs Bett.

«Warum hast du mir nichts gesagt?»

Ramón sah die Uhr an, als wäre sie ein gebrauchtes Kondom im Bett seiner Tochter. Er forderte Carmela auf, sich zu erklären.

«Ich habe Leonardo gebeten, mir zu sagen, weshalb er vor ein paar Tagen hier war. Der arme Kerl kann nicht lügen. Das wird schwierig mit ihm als Anwalt.»

Sie setzte sich aufs Bett und legte eine Hand auf den linken Fuß ihres Mannes.

«Warum wolltest du sie verkaufen? Das hilft uns auch nicht weiter.»

Ramón nahm sein Heft, öffnete es auf einer neuen Seite

und schrieb: *Du solltest dich nicht in meine Angelegenheiten mischen.*

«Ich habe keine Wahl, oder doch? Wenn es so weit kommt, dass ich meinen Schmuck verscherbele, dann weil es nicht mal mehr fürs Essen reicht. Bis es nicht so weit ist, ist es mir lieber, zu wissen, dass er da ist», sie zeigte auf das Ankleidezimmer, «und uns noch aus der Klemme helfen kann. Und du hast mir nicht gesagt, wofür du das Geld brauchst.»

Für den Notar und die Schriftsätze. Zuallererst werde ich dir das Haus übertragen.

«Immer noch diese Sache? Ich werde nicht in die Scheidung einwilligen, und wenn du mir mit Elodia Hörner aufsetzt! Okay? Und wofür schenkst du mir das Haus? Du hast ein Testament, es wird nichts passieren!»

Ramón drängte sie, ihm das Notizheft zurückzugeben.

Für den Fall, dass ich gehe, möchte ich euch keine Verpflichtungen hinterlassen. Du weißt nicht, wozu Eduardo in der Lage ist.

«Wir bezahlen ihn nach und nach. Weder wirst du mir deinen Teil des Hauses übertragen, noch unterschreiben wir die Scheidung, okay? Du machst die Chemo zu Ende und erholst dich weiter. Du musst dir das selbst anordnen: Ich werde gesund. Und eines Tages wirst du diese Uhr deinem Sohn vererben» – der Kerl würde sie wohl verkaufen, der Penner – «und wir erzählen ihm dann von dem Tag, als wir sie gekauft haben, und wie glücklich wir beide da waren. Erinnerst du dich?»

Er nickte.

«Dann verhökere nicht unsere Erinnerungen. Und erst recht nicht hinter meinem Rücken. Es reicht mir gerade, dass sie mich in der Kanzlei behandeln, als wäre ich blöd, ‹die

Arme›, die Frau des Anwalts, die keinen Prozess führen kann. Ich habe alle Welt gegen mich, deine Sekretärin eingeschlossen, diese misogyne Schlampe» – Ramón schrak auf, als er sie einen solchen Ausdruck verwenden hörte – «ja, ich ertrage diese scheiß Alte nicht länger, aber weil ich es mir nicht leisten kann, sie rauszuwerfen, muss ich mich zusammenreißen. Und dann kommt Leonardo mit dem Schwanz zwischen den Hinterbeinen, und ich muss ihn zwingen, mir das hier zu gestehen» – ich werde ihm eine Nachricht schicken: Danke für deine Loyalität, du Schwuchtel – «wie soll ich mich also deiner Meinung nach fühlen? Geh mal ein Stück in meinen Schuhen.»

Ramón schien aufrichtig zerknirscht zu sein. Er versuchte, mit einem Witz wieder Frieden zu schließen.

Sei nicht mehr wütend. Ich hab verstanden. Ich gehe ein Stück in deinen Schuhen, mehr noch, ich nehme die mit den Absätzen, aber lass uns zum Notar gehen. Es ist zu unserem Besten.

«Es ist wohl besser, wenn wir nicht gehen und du nicht meine High Heels anziehst; denk daran, wie es ausging, als ich dich geschminkt habe.»

Elodia bekreuzigte sich mit besonderer Vehemenz, als sie mit einer zwischen ihren Brüsten verborgenen Uhr das Haus der Martínez' verließ. Ramón hatte sie überzeugt, ihm zu helfen, als er ihr versprochen hatte, von einem Teil des Geldes aus dem Verkauf der Uhr alles zu bezahlen, was sie ihr schuldeten, und außerdem einen anständigen Käfig für Benito zu kaufen.

Elodias Mission bestand darin, mit den öffentlichen Verkehrsmitteln ins Zentrum zu fahren – Ramón fehlten die nötigen Mittel, um sie mit einem Taxi loszuschicken – und nach Hause zurückzukehren, bevor die Kinder aus der Schule kämen.

Sie ging schnell zur Bushaltestelle, wobei sie das kalte Metall auf der geröteten Haut in ihrem BH fühlte. Das Gold machte sie paranoid. Alle sahen sie an, alle wussten, dass sie unter ihrer Bluse ein umwerfendes Schmuckstück aus massivem Gold trug. Ihr fielen die Münzen hinunter, als sie beim Busfahrer ihre Fahrkarte bezahlen wollte; sie hockte sich ganz vorsichtig hin, um sie, ohne den Oberkörper nach vorn zu beugen, aufzusammeln, damit bloß die Uhr nicht aus ihrem Versteck rutschte. Sie setzte sich ans Fenster und gab vor zu schlafen, um ihre Nervosität vor den imaginären Dieben zu verbergen, die sie belauerten.

Sie kam wohlbehalten an der Metrostation an. Wie auf Eiern ging sie die Treppe hinunter, sie fürchtete einen Unfall, der die Unversehrtheit der Uhr gefährden würde. Außer beunruhigt und verletzlich fühlte sie sich auch hübscher, jünger und hellhäutiger, als würde die Uhr, die sie unter ihren Kleidern trug, sie dem von den Konquistadoren aufgezwungenen und ersehnten Schönheitsideal annähern. Das Gold war der bevorzugte Schmuck der Könige, Bischöfe und Rauschgifthändler; es war das Element der Extreme: Gott und der Teufel liebten es.

Am Zócalo stieg sie aus der Metro. *Vorsicht mit den Taschendieben im Zentrum*, hatte Ramón sie gewarnt. Gegenüber der Kathedrale trat sie auf die Straße, zitternd vor Angst. Sie bekreuzigte sich noch einmal. Dann nahm sie die Karte heraus, die Ramón ihr für den Weg zum Juwelier gezeichnet hatte, wo sie die Uhr verkaufen sollte. Sie studierte die Skizze genau und ging entschlossen in die falsche Richtung. An der

Ecke Correo Mayor und República de Guatemala bemerkte sie, dass sie sich verlaufen hatte. Sie sah eine Gruppe Drogensüchtiger auf sie zukommen. Wahrscheinlich waren es Anhänger des *Santa-Muerte*-Kultes. Ein Schauder überlief sie. Wenn ich weglaufe, dachte sie, werden sie mich fangen. Sie stand wie versteinert. Das Gold an ihrer Brust schien «Hier bin ich!» zu rufen. Ihr Herzrasen würde die Uhr aus dem Takt bringen. Stocksteif wie ein Wachsoldat wartete sie, bis die Gauner an ihr vorbeigegangen waren. Keiner drehte sich zu ihr um.

Sie ging noch zwei Straßen weiter und versuchte, sich zu orientieren. Dann fragte sie einen Händler nach dem Weg, und der schickte sie durch eine dunkle Gasse, wo ein fliegender Eishändler sie fast zu Tode erschreckte, zurück zum Zócalo. Wieder auf der Plaza Mayor bat sie einen sehr freundlich wirkenden Gringo um Hilfe.

«Entschuldigen Sie», sagte sie zu dem Mann, der sich als holländischer Tourist entpuppte, «wo ist denn Madero?»

Obwohl der Tourist kaum Spanisch sprach, konnte er ihr dank eines Kompasses und einer riesigen Karte vom Stadtzentrum, die er dabeihatte, den Weg weisen.

Sie erreichte den Juwelier ohne Zwischenfälle. Sie bat darum, den Geschäftsführer zu sprechen; ihm sagte sie, dass der Anwalt Martínez sie schickte, und überreichte eine Karte, auf der Ramón detailliert die Vorgeschichte seiner Beziehungen zu den Inhabern des Juweliergeschäfts Tepeyac beschrieb und seinen Wunsch darlegte, die Uhr zu verkaufen.

«Ich habe die Uhr bei mir versteckt», flüsterte Elodia, «dürfte ich die Toilette benutzen?»

Als sie alleine im winzigen Bad war, setzte sich Elodia auf den Toilettendeckel, knöpfte ihre Bluse auf und holte die Uhr heraus, die sie in eine Supermarkttüte gewickelt hatte, um sie vor dem Schweiß zu schützen.

Der Juwelier bat sie, am Verkaufstresen zu warten, während er die Qualität des Goldes prüfte.

«Wo gehen Sie hin?», fragte sie misstrauisch.

«Den Karatwert des Stückes bestimmen.»

Ramón hatte ihr nicht gesagt, dass das passieren könnte.

«Können Sie das nicht hier?»

«Nein, Señora, aber machen Sie sich keine Sorgen. Ich bin sofort zurück.»

Elodia dachte darüber nach, was sie tun sollte, wenn der Juwelier nicht bald zurückkäme oder wenn er zurückkäme, aber Demenz vortäuschen würde, als würde er sie nicht mehr erkennen. Was sollte sie tun, wenn er sie betrog? Ihr Chef hatte verzweifelt gewirkt, als er sie um diesen Gefallen gebeten hatte, den sie heimlich erledigen sollte, da das Geld für «eine Überraschung» für die Señora gedacht sei. Diese Geschichte klang in Elodias Ohren ziemlich merkwürdig, aber sie hatte sie aus Respekt vor ihrem Chef so akzeptiert und weil sie dringend die ausstehenden Löhne brauchte, die er ihr versprochen hatte. Wem würde wohl die Polizei glauben, dem Inhaber eines prestigeträchtigen Juweliergeschäfts oder einer Hausangestellten, die nicht einmal einen Personalausweis hatte? Sie würde nicht nur ihre Arbeit verlieren, sondern sie würden sie ins Gefängnis stecken, in die Haftanstalt von Santa Martha Acatitla, zusammen mit Mörderinnen und Entführerinnen, kahl geschorene Frauen mit Tätowierungen, Mafiabräute, die ihre Kinder damit erpressen würden, ihr sonst etwas anzutun.

«Ich biete Ihnen fünfzigtausend», sagte der Juwelier, als er wieder an den Ladentisch trat.

Diese Zahl erschütterte Elodia. Sie hatte gewusst, dass sie viel dafür zahlen würden, aber doch nicht so viel. Und wie sollte sie eine solche Summe in ihrem BH verstecken? Sie versuchte, ihren inneren Aufruhr zu verbergen, nahm ihr Handy und wählte die Nummer des Anwalts. Ramón nahm ab und läutete ein Glöckchen, um anzuzeigen, dass er sie hörte.

Sie sprach sehr laut mit ihm, als wäre er außer stumm auch noch schwerhörig.

«Ich bin hier mit dem Herrn aus dem Laden!», plötzlich flüsterte sie, statt zu schreien. «Er sagt, es wären fünfzigtausend.»

Ramón hatte ihr erklärt, dass er einmal auf den Tisch klopfen würde, wenn er das Angebot ablehnte, und zweimal, um anzunehmen. Elodia hatte sich den einfachen Code eingeprägt, indem sie «ein Klopfer: nein, zwei Klopfer: ja» wiederholt hatte.

Ramón klopfte zweimal fest auf den Tisch.

«Also ja?», sagte sie.

Sie hörte wieder zwei Schläge.

«Ist gut. Jetzt nehme ich aber ein Taxi?»

Zwei Schläge. Elodia verabschiedete sich, und Ramón legte auf.

Auf dem Weg nach Hause phantasierte Elodia von all den Dingen, die sie von dem Geld kaufen könnte, das sie dabeihatte: Sie würde eine Waschmaschine kaufen, einen Herd mit Backofen, ein hübsches Paar Schuhe, einen neuen Computer für ihre Kinder, einen Boiler für die Dusche und eine Unmenge an Haarschmuck, ihre einzige Eitelkeit.

Von den Hirngespinsten über Konsum in den Bann gezogen, hatte Elodia vergessen, dem Taxifahrer zu sagen, wann er links abbiegen sollte, weshalb sie einen langen Umweg fuhren, bevor sie endlich zu Hause ankamen. Das erinnerte sie an die Passage aus dem Evangelium, in dem Jesus sagt, man könne nicht zwei Herren dienen, Gott und dem Mammon.

«Ich bin da!», rief Elodia triumphierend, als sie das Haus betrat.

Ramón erwartete sie ungeduldig. Ihre Begegnung war eine Antiklimax, denn anstatt das Geld Ramón sofort zu überreichen, musste Elodia erst das Dienstmädchenzimmer aufsuchen, um dort das Bündel Geldscheine herauszunehmen, das sie zwischen den Brüsten versteckt hatte.

Als er endlich die vom langen Kontakt mit Elodias Körper noch warmen Scheine in der Hand hielt, zählte Ramón sie eilig. Seit langem hatte er keine solche geballte Macht mehr in den Händen gehabt. Vom Papier blickten ihn finster Dutzende von Sor Juanas und General Zaragozas an, gleichgültig gegenüber der irdischen Freude, die das Gesicht ihres Herrn erhellte. Mit ihnen würde Ramón wieder sprechen und mit ihnen würde er höchst eloquent seinen letzten Willen formulieren.

20

Aldama las die beleidigende Antwort des Direktors des Instituts für Biomedizinische Forschung der UNAM mehrere Male hintereinander. Sie begann mit einer unverzeihlichen Unachtsamkeit: Die Anrede richtete sich an ihn als «Sehr geehrter Doktor Ladama», ein Fehler, der einen Mann, der sich seiner virilen Identität unsicher wäre, wahnsinnig gemacht hätte, ihn aber störte es, dass sein Korrespondenzpartner nicht so aufmerksam gewesen war, den Brief noch einmal zu lesen und diesen dem fehlenden Urteilsvermögen der kybernetischen Autokorrektur geschuldeten Fehler zu verbessern, bevor er ihn absendete. Im Folgenden entschuldigte sich der gefeierte Genetiker mit einem Witz über seine Arbeit an der Regeneration von Gewebe für seine späte Antwort: «Entschuldigen Sie, dass ich nicht früher geantwortet habe, aber manchmal müssen wir uns entscheiden, ob wir einen Axolotl oder eine E-Mail öffnen.» Unter anderen Umständen hätte Aldama den Scharfsinn dieses Kommentars geschätzt, hier aber schien es ihm nur ein dreister Beleg der geringen Wertschätzung zu sein, die ihm sein Gesprächspartner entgegenbrachte.

Ohne weitere diplomatische Umschweife informierte ihn der Forscher, dass das einzige Interesse «des Instituts» an Krebszellen im Zusammenhang mit der Erforschung von Telomeren stand, extreme Beschützer der Chromosomen, Einband des genetischen Buchs, dafür da, die Erbschafts-Bögen bei der Zellteilung zu schützen. So wie das ständige Anfassen oder der Kontakt mit anderen Oberflächen die Buchdeckel beschädigte, so erodierten die Telomere durch das geschäftige Treiben der Meiose, und die Zellalterung beschleunigte sich. Gelegentlich lösen karzinogene Prozesse die Reaktivierung des Enzyms Telomerase aus, das in der Lage ist, die Telomere nach jeder Teilung zu reparieren. Auf diese Weise umgehen die Krebszellen die natürliche Abnutzung und bleiben ewig jung.

Die Tatsache, dass der Genetiker die Telomere so detailliert beschrieb, zeigte deutlich, dass er den Physiologie-Kenntnissen eines klinischen Onkologen wie Aldama nicht traute, was eine noch herbere Beleidigung war als die vorherige. Am meisten ärgerte ihn beim Lesen des Briefes aber, dass der Pathologe Luis Ramírez, der ihn von Anfang an motiviert hatte, sich an der Studie zu beteiligen, das nur aus Eigennutz getan hatte: «Da Dr. Ramírez sein Interesse bekundet hat, sich mit seinem Labor an unserer Telomer-Forschung zu beteiligen, indem er die Zellkulturen Ihres Patienten sowie weitere aus unseren Beständen nutzt, sind wir sicher, dass dies sowohl für sein Institut als auch für das unsere von Vorteil sein wird.» Der elendige Ramírez hatte «sein Interesse bekundet». Die dem Rhabdomyosarkom eigenen Onkogene hatten für ihn nie eine Rolle gespielt; was er in Wahrheit begehrte, war ein Stamm von Zellen, die Telomerase segregierten, so wie es die Rhabdomyoblasten von Ramón taten. Alles Weitere, auch die Beteiligung von Aldama, war provisorisches Beiwerk. Der Genetiker schloss seine Nachricht mit einem lapidaren Urteil: «Es war nicht einmal eine Korrelation zwischen den Allelen des mit erblicher Fettleibigkeit assoziierten FOXO1 und der Onkogenese eines so ungewöhnlichen Tumors festzustellen. Offen gesagt glaube ich nicht, dass Ihre Arbeitshypothese tragfähig ist.»

Abgesehen davon, dass er sich von Ramírez betrogen fühlte, schämte sich Aldama für die wissenschaftliche Naivität seiner Ideen, der Lächerlichkeit preisgegeben durch einen taktlosen Forscher. So würden die Spötter schließlich doch recht behalten: Sein Abstecher in die Genomik war seniler Unsinn. Er verfluchte seine eigene Arroganz: Ärzte sollten sich damit zufriedengeben, ihre hippokratische Aufgabe zu erfüllen und für diesen Versuch einträgliche Honorare zu beziehen. Der glückliche Zusammenhang, Leben zu retten und dabei ein Vermögen zu verdienen, stellte die meisten Onkologen zufrieden, ihn aber nicht. Um dem Ausdruck zu verleihen, was ihm die Forschung bedeutete, rief er sich eine Passage des heiligen Augustinus ins Gedächtnis, die lautete: *Spät habe ich dich geliebt, du Schönheit, ewig alt und ewig neu; spät habe ich dich geliebt.* Spät hatte er die Mikroskope und die Spektrometer geliebt. Spät hatte er die spiralförmige Eleganz der DNA geliebt. Spät den Drang, fundamentalen Mutationen aufzulauern, die *de profundis* den Grund des Lebens erklären könnten, nicht nur in seinen onkologischen Extravaganzen, sondern die Evolution selber im Lauf der Zeiten, von der fernen Ursuppe bis hin zum gewitzten Zweibeiner, der sich selbst betrachtet und sich seiner eigenen Natur überlegen fühlt.

Stoisch akzeptierte Aldama, dass er nie herausfinden würde, was den Krebs von Ramón Martínez verursacht hatte, ein bizarrer Stamm Muskelzellen, der acht Zyklen aggressiver Chemotherapie und zwei Monate Bestrahlung überstanden hatte.

Auch die Rhabdomyoblasten hatten sich über Aldama lustig gemacht: Sie bedeckten die Lungen mit Moos und das Riff der Wirbelsäule mit Korallen. Wo sie sich wohl in diesem Augenblick noch einnisteten? Als er ihm mitgeteilt hatte, dass es keine Möglichkeit der Heilung mehr gab, dass die Metastasen immer weiter wucherten, schien der Patient erleichtert zu sein, als hätte die Krebstherapie vor allem dazu gedient, ihn davon zu überzeugen, dass in seinem Falle die bestmögliche Diagnose die Zwangsräumung wäre. Señora Martínez hatte dagegen mit zornigen Fragen reagiert, die weniger Informationen verlangten, als vielmehr ihn als inkompetent darzustellen suchten. Wie war es möglich, dass der Arzt nach einer so langen und zermürbenden Behandlung nicht mehr tat, als auf den Thoraxaufnahmen auf die weißlichen Zonen zu deuten, wo der Krebs gedieh? Aldama versuchte, ihr zu erklären, dass ihr Ehemann ohne die Chemotherapie vermutlich keine zwei Monate überlebt hätte. Trotz der ungewöhnlichen Virulenz des Sarkoms war der Patient fast ein Jahr nach der Diagnosestellung noch am Leben. Unter den gegebenen Umständen war die Behandlung ziemlich erfolgreich gewesen. Daraufhin hatte Señora Martínez herausfordernd nach den Fortschritten bei der Erforschung der Zellen des ursprünglichen Tumors gefragt. Das alles war eine Falle, hätte er ihr gerne gesagt, sie wollten nur Gewebe Ihres Mannes in einem Projekt über Zellalterung benutzen. Diese Suche nach dem genetischen Quell ewiger Jugend wird erst in vielen Jahren Früchte tragen, wenn es weder Ihrem Mann noch mir irgendetwas hilft, ich werde schon bald pensioniert und vergessen sein. Ich habe Hunderte Patienten behandelt und viele von ihnen geheilt, aber wenn ich nachzählen wollte, wie viele sich mit Dankbarkeit an mich erinnern, hätte ich noch Finger übrig.

Er antwortete ihr, dass die Zellforschung nützlich gewesen sei, um die Chemotherapie zusammenzustellen, der zu verdanken war – betonte er nochmals –, dass sich die Überlebenszeit des Patienten um zumindest ein Jahr verlängert habe. Ohne noch weiter zu fragen, begann Señora Martínez, still zu weinen. Der Patient tröstete sie liebevoll. Aldama hatte die Gelegenheit, sie zu beobachten. Er hatte mit Dutzenden Angehörigen zu tun gehabt und konnte Charaktere einschätzen. Im Verlaufe der Behandlung hatte sich Señora Martínez als besonnene Frau erwiesen. Wie viele Ehemänner und Ehefrauen von Patienten waren dramatisch, skandalös, anklagend. Den Umständen zum Trotz wollten sie im Mittelpunkt der Aufmerksamkeit stehen. Sie nicht: Sie hatte ihren Mann unauffällig zu etlichen Sprechstunden begleitet, hatte stundenlang vor dem Chemotherapie-Raum auf ihn gewartet, hatte in endlosen Schlangen angestanden, um Blut zu spenden, Laborergebnisse abzuholen, Urinproben abzugeben. Nie hatte sie Zeichen von Religiosität oder Optimismus gezeigt, dieser laizistischen Form des Aberglaubens. Ihr Verhalten konnte nicht weniger als vorbildhaft für die Zivilisation bewertet werden. Ihre Wut war nachvollziehbar: Sie hatte alles gegeben, und der Arzt hatte sie enttäuscht. Dennoch musste er sich nicht wie ein Hoteldirektor bei einem unzufriedenen Gast entschuldigen. Die Medizin war ein rudimentäres Handwerk, zu großen Teilen intuitiv, man konnte keine einwandfreien Ergebnisse erwarten.

Viele glaubten, der wissenschaftliche Fortschritt würde schließlich den Krebs zähmen und die Onkologie in eine so stumpfsinnige Fachrichtung verwandeln wie die Kieferorthopädie. Die Patienten würden sich ein Astrozytom mit der gleichen Gelassenheit behandeln lassen, mit der sie sich einen schmerzenden Zahn ziehen ließen. Doch Aldama glaubte nicht, dass der Wohlstand der zivilisierten Welt lange genug reichen würde, um dieses onkologische Paradies Wirklichkeit werden zu lassen.

21

«Schwuchtel! Schwuuuuchtel!», kreischte der Papagei, sobald er intuitiv erfasste, dass Ramón bald nach Hause kommen würde. Elodia war die einzige Zeugin dieser täglichen Prophezeiungen des Papageis, und sie berichtete Ramón stets davon, so auch dieses Mal.

«Ich habe oben geputzt, als ich Benitos Schreie hörte. Gleich wird der Anwalt kommen, habe ich mir gedacht, und bin ganz schnell runter, um Ihnen ein Glas *Horchata* einzugießen, denn bei der Hitze haben Sie ja bestimmt Durst.»

Ich danke Ihnen, dachte Ramón, und ging hinaus, um Benito zu begrüßen, der seine Ankunft mit noch obszöneren Rufen feierte. Der neue Vogelkäfig war wie ein Hollywood-Anwesen für Sittiche: vier Kubikmeter Platz, sechs Ebenholz-Stangen in verschiedenen Höhen, eine Leiter aus Metall, die auf einen Balkon führte, eine Schaukel, ein Wasserbecken mit Insel und Miniatur-Palme, ein Futterspender, ein wärmedämmender Überzug für die Nacht und eine Schublade zur schnellen Reinigung am Boden. In dieser luxuriösen Residenz, die den größten Teil des Gartentisches einnahm, hätten bequem mehrere Aras leben können.

Schämst du dich nicht, fragte Ramón Benito, dass du nicht mehr wie der Präsident Juárez lebst, sondern wie der scheiß Maximilian? Der war ein Humanist und weiß der Fuchs was, aber warum musste er so naseweis sein? Das Wort «naseweis» war eine der vielen lexikalischen Antiquitäten, die in Ramóns stumme Monologe sickerten. Diese Altertümlichkeiten, die aus dem mütterlichen Vokabular stammten, waren vorher nie Teil der Sprache des Sohnes gewesen. Aber der zähe Strom des Schweigens wühlte das Flussbett der Erinnerung auf und spülte vergessene Wörter an die Oberfläche, Wörter wie «Filou», «Firlefanz», «Vesper», «Kanaille», «Jause» und «Bagage». Teresa meinte dazu, die Exhumierung dieser Ausdrücke würde darauf hinweisen, dass sein Geist eine Vergangenheitsprüfung angeordnet hätte, um dort nach Dokumenten zu suchen, die Auskunft über die aktuelle Lage gäben. Was wir im Leben am meisten wünschen, hatte die Analytikerin gesagt, ist zu verstehen, warum.

Heute haben sie mir den Katheter aus der Brust gezogen, erzählte Ramón seinem Freund. Weil ich keine Chemo mehr kriege, ist der nicht mehr nötig. Die Palliativärztin wollte ihn drinlassen, um mir darüber die Schmerzmittel zu geben, aber unter dem Vorwand, dass die Stelle juckt, habe ich darum gebeten, ihn zu ziehen. Ich will nicht mit einem Röhrchen in der Brust sterben. Das ertrage ich ganz schlecht. Andererseits sind die Schmerzen in den Beinen fies. Weil der Tumor auf die Nerven in der Wirbelsäule drückt, habe ich Ischias-Schmerzen in den Beinen. Sie machen mir immer wieder heiße Umschläge, und dann klingt es ab, aber wenn wir wie gerade eben im Auto unterwegs sind, das ist reine Folter, du machst dir keine Vorstellung, bei jedem Schlagloch glaubst du, man reißt dir ein Ei ab. Und dann habe ich mich gefragt, was die in der Steinzeit gemacht haben, wenn sie einen Tumor bekamen. Ich habe mit meiner Tochter im Internet gesucht, ob es vor Tausenden von Jahren schon Krebs gab, und ja, gab es, sogar die Dinosaurier haben diesen Scheißdreck bekommen. Und jetzt kriegen die Seelöwen Hodenkrebs, weil das Wasser verseucht ist. Ich weiß nicht mehr, wo genau, aber in den USA. Und weißt du, wo es noch mehr Krebs gibt? Tere sagt, in Kanada, wegen so vieler künstlicher Sachen. Für sie ist alles recht, was natürlich ist. Sie sagt sogar, dass das Gift vom Skorpion gut ist. Und das Gras, das ja, wie gut man sich fühlt, wirklich. Und warum auch nicht? Der Arzt jagt mir Mixturen aus Opium rein, was im Endeffekt das gleiche Zeug ist, was sich die Chinesen reingepfiffen haben, aber diese hier sind auf Rezept und kosten dich ein Vermögen. Tere sagt, das Marihuana kostet sie nichts, sie bekommt es geschenkt, um damit anderen zu helfen. Wer schenkt es ihr? Wozu? Da stimmt etwas nicht. Denk an meine Worte: Niemand schenkt dir etwas in diesem Leben. Aber sie hat es mir so sehr angepriesen, dass ich angenommen habe. Sie hat einen Apparat hervorgeholt, der wie ein Radio aussah, nur mit einer Art Strohhalm anstelle der Antenne, und sie sagte, dass ich dort ziehen solle, wie an einer Zigarre. Das ist kein Rauch, sagte sie, das ist Dampf. Ich habe nichts gespürt. Dass ich noch mal ziehen solle. Ich zog. Fünf Minuten. Und du wirst es nicht glauben: Er ist steif geworden. Ich konnte mich fast schon nicht mehr daran erinnern, wie sich eine Erektion anfühlt. Das war merkwürdig, aber auch der Rücken, der mir wie Hölle weh tat, und dann nichts mehr. Keine Schmerzen mehr. Dafür war ich schon ziemlich breit, das Gesicht hat gekribbelt, alles wurde ganz langsam. Und ich schwöre dir, ich bin scharf geworden, nicht scharf auf die Frau Doktor, die arme Alte, ganz allgemein scharf. Und ich hatte keine Schmerzen. Wie fühlst du dich?, hat sie mich gefragt. Ich habe nur so mit dem Finger gezeigt: sehr gut. Wenn mir vor zwanzig Jahren jemand gesagt hätte, dass ich Drogen nehmen würde, hätte ich ihm gesagt: Du spinnst wohl, auf keinen Fall. Aber jetzt, schau mich an. Sie hat mich irgendwas gefragt, ich kann mich nicht erinnern. Ich habe den Blick auf die Tastatur gesenkt, um ihr zu antworten, und stell dir vor, die Tasten redeten. Ganz merkwürdig. Ich habe sie völlig verblödet angestarrt. Jede einzelne tönte: aaaa, teeee, errrr, uuuu. Als ich hochschaute, lag ich schon auf dem Sofa, vollkommen zufrieden. Sie hat mir ein Glas Milch gebracht und sagte: Trink das. Carmela wartete bereits draußen, und sie hatte ihr gesagt, dass ich ein bisschen eingenickt war, weil ich mich nicht gut gefühlt hatte. Ich bin sehr ernst rausgekommen, und sie hat gar nichts bemerkt. Tere hatte mir gesagt, dass sie mir für zu Hause etwas davon mitgeben könne. Kannst du dir das vorstellen, Benito, dass wir hier Drogen nehmen? Auf keinen Fall, nicht dass meine Kinder mich beim Kiffen erwischen. Was für ein Vorbild wäre ich ihnen, wenn ihr Vater in ihrer letzten Erinnerung zugedröhnt ist? Nein, aber wenn ich nächste Woche wieder zu ihr gehe, werde ich sie darum bitten … Vielleicht ist es das letzte Mal. Das Haus habe ich schon überschrieben, jetzt fehlen nur noch die Papiere für die Scheidung. Nun, da Carmela sich damit abgefunden hat, dass ich gehen werde, widerspricht sie mir nicht mehr. Sie hat mich kürzlich gefragt, ob ich möchte, dass sie mit Eduardo spricht und ihm Bescheid gibt, und ich habe ihr gesagt, auf keinen Fall. Dieser Idiot soll nichts erfahren, erst hinterher. Dass er zur Beerdigung geht und um sein Geld weint, das allerdings. In dieser Sache hat mir Carmela nicht Contra gegeben. Und ich habe die Gelegenheit genutzt, um wegen der Scheidung zu insistieren. Sie will nicht, weil sie sich schämt, was sollen die Leute denken. Wer?, habe ich gefragt. Sie sagt, das wird aktenkundig. Ja, wird es: Im Totenschein wird der Zivilstand vermerkt. Aber was macht das? Wer wird das erfahren? Die Kinder!, hat sie gesagt. Das erklären wir ihnen, habe ich gesagt, wir haben doch nichts zu verbergen. Sie will nicht. Mateo ist kurz davor, sitzenzubleiben, und das Mädchen will nicht mehr essen, ist deprimiert. Schick sie in Therapie. Mit welchem Geld? Ich glaube, Teresa würde uns kostenlos unterstützen. Die Alte ist in Ordnung. Wir bitten sie, uns dabei zu helfen, ihnen das mit der Scheidung zu erklären. Red nicht mehr davon!, schrie sie. Aber ich will in Frieden gehen, schrieb ich. Und ich, wie stehe ich da?, fragte sie. Hätte ich sprechen können, ich hätte geschwiegen … Ich verstehe sie ja, Benito, aber wenn Eduardo das mit dem Richter klärt und einen Pfändungsauftrag erwirkt, dann kann er Carmela und die Kinder fertigmachen. Das Geld, das er mir geliehen hat, hat er nicht ehrlich verdient. Er hat dafür seine Lieferanten und seine Angestellten verarscht. Und ich habe ihn in seinen Betrügereien verteidigt. Er ist ein Mafioso, ein Tier. Und ich bin jetzt auch kein Sozialist, aber irgendjemand muss einen Patron wie ihn mal ficken.

Benito schaukelte energisch, sodass es aussah, als wolle er wieder und wieder mit dem Kopf nickend Ramóns Pläne absegnen.

22

Aldamas Handy klingelte um elf Uhr nachts. Es war Montag. Nach dem Abendessen hatte er sich zum Musikhören in sein Arbeitszimmer zurückgezogen. Durch die zwei Gläser Wein, die er getrunken hatte, fühlte er sich bei der Suche unter seinen Schallplatten zur ausschweifenden Suite *Masquerade* von Aram Chatschaturjan hingezogen. Das Aufgeben seiner genetischen Forschungen hatte ihm zumindest die wertvollen Nachtstunden zurückgegeben, in denen er seiner Melomanie frönte, es war die einzige Zeit, die er im wahrsten Sinne des Wortes *frei* nennen konnte.

«Entschuldigen Sie bitte die späte Störung», sagte Señora Martínez, «aber ich musste heute sehr lange in der Kanzlei bleiben, und als ich nach Hause kam, ging es meinem Mann sehr schlecht, er lag neben unserem Bett auf dem Boden.»

Aldama verspürte eine tiefe Sehnsucht nach dem Pieper, einem kleinen Apparat der Jahrhundertwende, der vor der Blütezeit der Handys dazu gedient hatte, elektronische Telegramme zu empfangen. Wenn jemand mit ihm kommunizieren wollte, musste er eine Telegraphistin anrufen, die seine Nachricht transkribierte, um seinen Namen und seine Nummer bat, und dann schickte sie auf den Pieper des Empfängers: «Doktor, es blutet wieder. Was tun?», «Erbrechen und Durchfall, ich weiß nicht, ob es ein Notfall ist», «Anruf vom Krankenhaus. Sra. Ibáñez verstorben. MfG Sara». Die Patienten und Angehörigen hatten sich nie mehr mit solcher Bündigkeit und Schlichtheit ausgedrückt wie in der wunderbaren Dekade des Piepers.

«Sagen Sie mir, was ist passiert?»

«Er war aufgestanden, um ins Bad zu gehen, aber er konnte keine drei Schritte machen. Er hatte einen schrecklichen Krampf und hat es nicht bis ins Bad geschafft … Ich musste ihn umziehen und habe dann meinen Sohn geweckt, damit er mir hilft, ihn wieder ins Bett zu legen. Ich habe ihm schon eine Tramadol gegeben, aber es wird nicht besser.»

«Haben Sie ihm eine Kapsel gegeben?»

«Genau. Und er hatte am Nachmittag schon eine bekommen, außerdem Dolac.»

«Ist gut. Geben Sie ihm gleich noch eine Tablette Tramadol, und bestellen Sie in der Apotheke Celebrex zu zweihundert Milligramm. Wenn das Celebrex kommt, geben Sie ihm eine Tablette davon und eine Dormicum. Damit sollte er hoffentlich schlafen.»

«Können Sie mir den Namen der Tablette noch mal wiederholen?»

«Ce-le-brex, mit X. Kommen Sie morgen ab zehn in meine Praxis, und sagen Sie meiner Sprechstundenhilfe, dass Sie wegen eines Rezepts für schmerzstillende Pflaster kommen. Sie wird Ihnen erklären, wie man sie anwendet.»

«Vielen Dank. Ich komme morgen vorbei.»

«Kein Problem. Und sagen Sie Ihrem Mann, er soll sich keine Sorgen machen: Er wird sehen, die Pflaster wirken Wunder.»

Sie verabschiedeten sich.

Aldama hing seinen Gedanken nach. Wenn sie einmal voller Morphium wären, würden die Nerven des Patienten verstummen. Sie würden das Bewusstsein nicht mehr unaufhörlich mit Informationen über die Lage der Nation überhäufen. Denn das war der Schmerz: Kenntnis. Deshalb gab es Leute, die sich geißelten: eine so große Leere, so viel Unwissen, dass sogar das Wissen darum ihnen gefiel. Und deshalb auch so viele Heroinabhängige: Ihre Welt war so feindselig, dass der Schmerz die einzige Form von Bewusstsein war. Ihr Mann, hätte er der Señora Martínez gerne gesagt, weiß viel zu genau, was ihm geschieht, und darum leidet er, darum schreit er, haben Sie sich schon mal *Suicidio colectivo* angeschaut, das Bild von Siqueiros, das im Museum of Modern Art in New York hängt? Ich empfehle es Ihnen nachdrücklich, denn es stellt dar, was jetzt gerade im Inneren Ihres Mannes passiert.

Schweigend schenkte er sich einen Whisky ein. Es war zu spät, um noch weiter über die Beratung nachzudenken oder die Darbietung des hitzigen Chatschaturjan wiederaufzunehmen. Er sollte sich entspannen, und was war dafür besser geeignet als die Kantate Nummer 82 von Johann Sebastian Bach, interpretiert von der Mezzosopranistin Lorraine Hunt? Sie war 2006 an erblichem Brustkrebs gestorben. Ihr Mann, der Komponist Peter Lieberson, 2011 an einem Lymphom.

Musik, die in Verbindung mit Krebs stand, reizte Aldama ganz besonders. Er hatte viel Zeit damit verbracht, das Gesamtwerk von Brahms zu hören, der vermutlich an Leber- oder Pankreas-Krebs gestorben war. Als er erfuhr, dass der Dirigent Claudio Abbado an Magenkrebs gelitten hatte, besorgte er sich alle seine Platten und suchte nach Unterschieden in den Aufnahmen vor und nach der Erkrankung. Außerdem hatte er sich aus London das Werk *Metastasis* von Iannis Xenakis kommen lassen, was aber, wie sich herausstellte, Schund von «stochastischer» Musik war.

Er nahm die Platte von Chatschaturjan wieder heraus und legte die von Hunt gesungenen Kantaten ein. Auch wenn die Stimme der Sängerin grundsätzlich viel zu opernhaft für die Musik Bachs war, verkörperte Hunt auf überzeugende Weise das psychische Drama von Simeon, der biblischen Figur aus der Kantate. Vielleicht hatte der Krebs, der schon das Leben ihrer Mutter und ihrer Schwester beendet hatte, als sie diese Platte aufnahm, dem Mezzosopran die perfekte Reife für dieses Werk verliehen, das auf einer ungewöhnlich zärtlichen biblischen Geschichte beruhte: Maria und Josef brachten das Jesuskind in den Tempel, wo der alte Simeon in ihm seinen Messias erkannte und, mit ihm auf dem Arm, *Ich habe genug* sang. Das war eine Mischung, die Aldama vertraut war: Übersättigung und Fülle.

Ich habe den Heiland, das Hoffen der Frommen, Auf meine begierigen Arme genommen. Ich habe genug …

Während die Stimme von Lorraine Hunt das raue Deutsch zähmte, trällerte Aldama die wundervolle Melodie mit.

Nun wünsch ich, noch heute mit Freuden, Von hinnen zu scheiden.

Simeon war alt und müde. Das Gewicht der Jahre wurde durch die frische Leichtigkeit des Kindes betont. Er sang, als wollte er sagen: «Jesus, hier übertrage ich dir diese Welt. Ich ziehe mich zurück und gehe schlafen.»

Ich habe genug.

Aldama kostete das Ende der Arie mit einem Schluck Whisky aus. Stille. Das Werk ging dann mit einem hingebungsvollen Rezitativ weiter: *Ach! möchte mich von meines Leibes Ketten Der Herr erretten!*

Die Kantate war auch ein propädeutischer Kurs über den Tod. Eine weitere Pause. Ein weiterer Schluck Whisky. Und nun die Schlussarie:

Ich freue mich auf meinen Tod. – Ach! Wäre er doch schon gekommen. Ich entkäme dem Schmerz, der mich in dieser Welt gefangen hält.

Nur ein fanatischer Lutheraner hatte eine so fröhliche Musik zur Feier des Todes schreiben können. Gab es eine bessere Art, einen Sterbenskranken zu unterweisen, als diese überzeugende Musik? Aldama wünschte sich, dass ihn diese Kantate, in dieser Interpretation, in seiner letzten Stunde begleiten möge.

Als Simeon mit Jesus in den Armen sang, wusste der Junge nichts von seinem eigenen Ende am Kreuz. Hätte er es gewusst, er hätte vor Entsetzen geschrien. Aldama erinnerte sich allerdings, dass es Jesus laut Katechismus durchaus wusste, zumindest in der Nacht vor seiner Gefangennahme im Garten Gethsemane. Warum war er nicht nach Galiläa geflohen, wie es so viele Aufständische nach ihm taten? Die Passion Christi, mit all ihren schmerzensreichen Stationen, war eine Art Meisterkurs in Anatomie. Er hatte so viel über Schmerzen erfahren, dass er das Problem mit dem Tod lösen konnte. So viel Schmerz, so viel Wissen: Daher konnte er am dritten Tage aus dem Grab auferstehen, erholt, und fortgehen. Warum blieb er nicht mit Leib und Seele, um für das ewige Leben auf Erden zu kämpfen? Vielleicht hatte er im Schmerz vorhergesehen, dass das eine verlorene Schlacht war, dass niemand bereit war, im nötigen Umfang zu leiden – zu lernen –, um aufzuhören, Mensch zu sein und Gott zu werden.

«Ich habe genug», wird Jesus auf Aramäisch gedacht haben, bevor er verschwand.

«Wir bedauern, Sie informieren zu müssen, dass die Menschheit bereits im Kongo, in Sibirien, Borneo und am Amazonas Metastasen gebildet hat.»

Wer war wohl der Onkologe der Welt, fragte sich Aldama, bevor er das Licht löschte und schlafen ging.

Ich habe genug.

23

Nachdem sie Ramón zwei Wochen lang nicht gesehen hatte, bekam Teresa eine Nachricht von ihm: «Ich habe immer noch Probleme mit den Beinen. Guten Abend. Würde das helfen, worüber wir wegen der Entzündungen geredet haben? Lic. R. M.» Sie antwortete umgehend, dass es auf jeden Fall helfen würde und dass sie ihm die «Medizin» gerne am nächsten Tag nach Hause bringen könne. Sie war daran gewöhnt, Euphemismen zu verwenden, wenn sie mit ihren Patienten über Marihuana sprach, denn fast keiner fühlte sich wohl, wenn dieses von Mythen, Verunglimpfungen und klassentypischen Vorurteilen beladene Wort fiel. Sie mochte den wissenschaftlichen Namen *Cannabis sativa*, er erschien ihr feminin und anregend, denn sie assoziierte den Begriff «sativa» mit Satisfaktion und auch mit Weisheit, zwei Geisteszustände, die ihr verwandt zu sein schienen.

Da Ramón nicht in der Lage war, Joints zu rauchen, und auch an keine Bong kam, entschied sie, ihm Haschkekse zu backen, die er in Milch einweichen und essen konnte, ohne die Aufmerksamkeit seiner Familie auf sich zu ziehen, die er nicht über die neue Behandlung informieren wollte. Zunächst gab sie ein Stück Butter und zwei Löffelchen fein gemahlenes Marihuana in eine Pfanne. Als die Butter geschmolzen war, verrührte sie die Zutaten, bis die Flüssigkeit ein intensives

Pistaziengrün angenommen hatte. In einer Glasschale verquirlte sie zwei Eigelb, ein Eiweiß, anderthalb Tassen Mehl und einen Teelöffel Backpulver. Dann fügte sie eine halbe Tasse Zucker dazu und noch eine mit Kakao, der nur dazu diente, die verdächtige Farbe des Teiges zu überspielen. Am Ende gab sie die *Sativa*-Butter dazu. Als der Teig fertig war, formte sie mit den Händen fünfzehn Kekse, legte sie auf ein Blech und schob sie in den auf 180 Grad Celsius vorgeheizten Ofen. Die Hitze massierte die Kekse für fünfzehn Minuten, blähte sie auf und trocknete sie, bräunte ihre Ränder. Sie sahen so verlockend aus, dass Teresa nicht widerstehen konnte und einen probierte. Sie nahm sich ein Buch mit surrealistischer Malerei, um die visuelle Wirkung des Gebäcks auszukosten. Nachdem sie eine gute Weile im Buch geblättert hatte, masturbierte Teresa und hatte einen Orgasmus, den ein beinahe epileptischer Wandbehang hinter ihren Augenlidern begleitete: Mangos, Zitronen und Pfirsiche, wohin sie blickte.

Am nächsten Morgen erwachte sie mit einem leichten Kater. Es war mühsam, durch die morgendlichen Sitzungen zu kommen. Nach dem Essen, munter gemacht durch einen Espresso, brach sie zu Ramón auf.

Die Haushaltshilfe empfing sie misstrauisch, als wäre sie eine Inspektorin des Gesundheitsdienstes, die gekommen war, um ihre Bemühungen bei der Pflege des Patienten zu überprüfen. Sie brachte sie ins Arbeitszimmer, wo Ramón mit seinen halbwüchsigen Kindern fernsah, die sich sehr anstrengen mussten, um sie freundlich zu begrüßen. Sie waren so apathisch wie nihilistische Philosophen oder wie Wächter im städtischen Museum.

Mit Gebärden bat Ramón die Kinder, sie alleine zu lassen.

Er hatte schon ein paar Zeilen in sein Notizheft geschrieben und gab sie ihr zu lesen:

Ich danke dir sehr, dass du gekommen bist. Wie dir meine Frau schon am Telefon sagte, gibt es keine Heilung mehr. Ich habe dich um das hier gebeten, weil es das andere Mal eine enorme Linderung gebracht hat, als ich es genommen hatte, vor allem beim Gehen, was mir viel Mühe bereitet. Die Medikamente, die ich bekomme, helfen dabei, den Schmerz selbst zu stillen, aber sie nehmen mir nicht das Unwohlsein. Mache ich mich verständlich? Wie auch immer. Ich wollte dir auch persönlich für all deine Mühe danken. Es war eine Freude, dich kennenzulernen.

Teresa antwortete, dass er sie so leicht nicht loswerden würde. Ramón lächelte, vom Witz geschmeichelt.

«Jetzt lass uns mal schauen, wie du die Kekse findest», schlug sie vor. «Sie reichen für etwa zwei Wochen. Dann bringe ich dir mehr, wäre das was?»

Seine Augen baten sie darum, nicht naiv zu sein. Sie erklärte, dass die Kekse unerwartete Effekte zeigen könnten. Dann wechselte sie das Thema.

«Stellst du mich deinem Papagei vor?»

Ramón stand mühsam auf. Sie gingen in den Garten, wo der Papagei ihr mit seinen vulgären Komplimenten ein paar Lacher entlockte. Sie erinnerte sich laut, dass ihr Großvater einen ganz ähnlichen Vogel gehabt hatte. Sie ergänzte, dass es auch ihr Großvater war, der ihr beigebracht hatte, Kekse zu backen. In dieser Phase der Beziehung zu dem Patienten war es nicht mehr wichtig, eine opake Figur zu bleiben. Die Thanatologie war kein psychoanalytischer Prozess, es handelte sich um Trauerberatung, eine Professionalisierung des Trostes, und dabei wurde ein gewisses Maß an Intimität toleriert.

Sie gingen ins Arbeitszimmer zurück. Dort bat sie ihn, ihr aufzuschreiben, wie er emotional mit dem Schmerz umging. Ramón bedeutete ihr, nicht zu verstehen, worauf sie sich bezog. Sie fragte ihn, ob er seine Familie darum bat, mit ihm zu kuscheln, ob er sich bei ihnen ausheulte, ob er alldem irgendwie nachgab.

Sie haben es schon schwer genug. Und ich habe mich abgefunden. Das ist nicht mehr mein Leben. Es wird sie entlasten, wenn ich fort bin.

«Nein, Ramón», sagte sie ernst, «sie werden dich vermissen, du wirst ihnen furchtbar fehlen. Und weißt du, was ihnen dabei helfen wird, weiterzumachen? Zu wissen, dass sie Momente enger Verbundenheit mit dir hatten. Dass sie dich kennengelernt haben und du sie. Und vielleicht hast du das Gefühl, dass du eine Last für sie bist, dass es besser wäre, wenn … ja. Aber es gibt noch etwas Wichtiges, was du für sie tun musst. Verabschiede dich ohne Eile, lehre sie, sich zu verabschieden. Auch wenn das niemand sagt, ist das etwas, was man gezeigt bekommt. Meine Großmutter hat es uns allen beigebracht. Sie hat den Priester kommen lassen, und sie hat Süßigkeiten kommen lassen, die der Priester mochte, um ihn damit zu empfangen. Sie hat jedem von uns etwas geschenkt. Sie hat jedem von uns etwas ganz Besonderes gesagt. Sie hat das auf meisterhafte Art zelebriert. Du hast mir gesagt, wie wichtig es dir ist, ihnen ein Erbe zu hinterlassen. Nun, so wie man seine Kindern erzieht, zu grüßen und sich zu verabschieden, so lehre sie auch das. Man kann seine Kinder nicht auf halber Strecke im Leben zurücklassen, wie sollen sie sonst wissen … Denk darüber nach. Und schick mir eine Nachricht, ob dir die Kekse geschmeckt haben. Okay?»

Der Dialog war eine Schachpartie auf einem endlosen

Spielbrett. Es gab so viele Bauern wie Worte, so viele Läufer wie Fragen, Springer wie Versprechen, Türme wie Beschimpfungen. Und es gab einen überaus wichtigen König, der nur dafür da war, vor dem definitiven Schachmatt zu fliehen. Er war ein enormer Einsilber, und jede seiner Fluchten war ein Nein. Es gab auch eine mächtige und verwundbare Dame, die mit jedem Zug um ihr Leben spielte. Es gab kein herrlicheres Schachmatt als das seine. Ja.

24

Die Pflaster und Kekse besänftigten das fahnenflüchtige Drängen des Schmerzes. Voller Analgetika und von den Worten Teresas verwirrt, verschob Ramón die Angelegenheiten seines angekündigten Todes. Er verlor die Kontrolle über seine Beine. Er hatte Hustenanfälle, die so klangen wie in der Mikrowelle zerplatzendes Popcorn.

Als Carmela mit einem leeren Rollstuhl nach Hause kam, da sah Ramón seinen eigenen Geist, schwermütig und durchscheinend. Was für eine kränkende Vision. Ich werde mich nicht in dieses Drecksding setzen, dachte er, und er tat es auch nicht, denn tatsächlich musste ihn Antonio hineinsetzen, der Sohn Elodias, der eingewilligt hatte, für ein kleines Taschengeld jeden Morgen zu kommen und den Anwalt vom Bett ins Bad und vom Bad ins Erdgeschoss zu tragen, wo er ihn im Rollstuhl platzierte. Abends kam er wieder, um den ganzen Ablauf in umgekehrter Reihenfolge zu wiederholen. Im Vergleich zu den Kiessäcken, die Antonio seit frühester Jugend auf Baustellen schleppte, war Ramón ein leichtes und ergonomisches Bündel. Die Leichtigkeit, mit der dieser Junge ihn von hier nach dort trug, verstärkte bei Ramón den Eindruck seiner eigenen Inexistenz.

Ich habe ja schon darüber nachgedacht, sagte er zu Benito, und es gibt keine andere Methode, die zu hundert Prozent sicher wäre. Ich muss mir die Kugel geben. So hat sich ein Mandant umgebracht, den ich mal hatte. Die Schulden haben ihn erdrückt, seine Frau hat mit ihrem Tennislehrer geschlafen, seine Tochter war bei einem Autounfall gestorben. Er hat sich in seinem Büro eingeschlossen und sich einen Schuss verpasst. Ich werde Carmela schreiben: Bring mich ins Büro, ich möchte mich an meinen Schreibtisch setzen. Ich werde mich nicht hier umbringen, sonst müssten sie wegen der schlechten Erinnerungen noch umziehen. Ich werde mit meiner Aktentasche ins Büro gehen, sagen wir, um ein paar Akten hinzubringen. Und da stecke ich die Pistole rein. Ich werde sie bitten, dass sie mich in meinem Büro alleine lassen, an meinem Schreibtisch, mir gegenüber mein Anwaltsdiplom, meine gerahmten Fotos. Ich möchte, dass Leonardo dort ist, wenn sie mich finden. Ich möchte, dass sie den Schuss hören, bevor sie mich sehen. Das ist wichtig, damit es nicht so traumatisch ist. Denn wenn sie es sich vorstellen, bevor sie es sehen, wird es weniger heftig. Und ich werde mir etwas auf den Kopf packen. Einen Kissenbezug, einen Pulli, damit sie nicht sehen, wie ich zugerichtet bin. Das Problem ist, an den Schlüssel der Schublade zu kommen, in der die Pistole liegt. Wir haben den oben auf dem Kleiderschrank versteckt, und ich kann ja nun nicht mehr auf einen Hocker steigen, um ihn runterzuholen. Das scheiß Gesetz sagt, dass die Beihilfe zum Suizid mit bis zu fünf Jahren Gefängnis bestraft werden kann. Und das auch nur, wenn es eine indirekte Hilfe ist, denn wenn es aktive Mitwirkung ist, wenn dir also jemand etwas spritzt oder dich erschießt, dann ist die Strafe deutlich härter. Aber wenn jemand seine Einwilligung unterschreibt, geht es den Staat doch einen Scheißdreck an, ob dir jemand hilft!

Und wieder einmal war Elodia die Auserwählte. Eines Morgens bat Ramón sie darum, ihn heute im Schlafzimmer zu lassen, er hätte keine Lust runterzugehen. Kaum hatten seine Frau und die Kinder das Haus verlassen, läutete er das Glöckchen.

«Wie kann ich Ihnen helfen?», fragte Elodia außer Atem, weil sie die Treppe hochgerannt war.

Ramón hatte die Anweisungen vorher aufgeschrieben.

Bringen Sie mich bitte zum Ankleidezimmer. Klettern Sie auf den Schemel, und holen Sie mir den Schlüssel, der oben auf dem Schrank liegt, an der Kante der rechten Seite. Der Señora sagen Sie bitte nichts, Sie wissen ja, wie sie auf die Sache mit der Uhr reagiert hat.

«Jetzt erzählen Sie mir nicht, dass Sie noch etwas heimlich verkaufen wollen.»

Ramón warf ihr einen vernichtenden Blick zu. Sie gehorchte. Sie kletterte auf den Hocker und fing an, mit der Hand nach dem Schlüssel zu suchen. Man hörte ein Klirren, einen winzigen Schlag von Metall auf Holz. Da ist er, dachte Ramón, aber Elodia tastete weiter das Brett ab.

«Er ist nicht da», sagte Elodia mit ihrer üblichen Unfähigkeit zu lügen.

Ich hab ihn doch gehört, tobten Ramóns Gedanken. Elodia drehte sich um und erblickte einen Besessenen, der ihr frenetisch fuchtelnd zeigte, dass sie weitersuchen sollte. «Jetzt schauen Sie nur, meine Hand ist schon ganz voller Staub», sagte sie, plötzliche Demenz vortäuschend. «Ich komme gleich wieder und staube ab, dann taucht er bestimmt auf.»

Ramón insistierte. Sie kommen da nicht ohne den Schlüssel runter, ich habe ihn doch gehört, alte Lügnerin. Hol ihn runter. Ich weiß, dass der Schlüssel da ist. Ich habe ihn doch vor einer Sekunde gehört.

«Wofür brauchen Sie ihn denn?», fragte Elodia.

Was geht Sie das an, Sie blöde respektlose Alte, suchen Sie weiter. Umdrehen und suchen!

«Beruhigen Sie sich, wir finden ihn gleich», sagte Elodia und fing an, mit übertriebener Sorgfalt zu suchen. «Nichts als Staubmäuse. Hat ihn die Señora vielleicht woanders hingelegt?»

Ramón schüttelte den Kopf und zeigte auf sein Ohr, um ihr zu bedeuten, dass er das Klirren des Schlüssels gehört hatte.

«Soll ich sie für Sie anrufen?»

Nein, dumme Kuh, sie darf doch nichts mitkriegen. Ich habe gehört, dass er da ist. Versuchen Sie nicht, mich zu verarschen.

«Hören Sie, mir brennen die Bohnen an. Lassen Sie mich kurz runtergehen und sie vom Herd nehmen.»

Auf keinen Fall. Sie bewegen sich hier nicht weg, bevor Sie ihn mir gegeben haben, alte Verräterin. Bestimmt hat Carmela mit Ihnen geredet. Suchen Sie weiter, mal sehen, wer zuerst aufgibt.

«Er muss runtergefallen sein. Wenn ich Ihnen doch sage, dass er nicht da ist.»

Lügen. Ich hole mein Heft. Ich schreibe es ihr mit allen Buchstaben auf, sie soll mich nicht verarschen. Ramón löste die Bremse des Rollstuhls und fing an, rückwärtszurollen. Elodia beeilte sich, vom Hocker herunterzukommen.

«Wohin soll ich Sie bringen?»

Ich brauche mein Heft.

Sie brachte ihn ins Arbeitszimmer, wo er das Notizheft und seine Stifte gelassen hatte.

«Ich laufe schnell runter und mach die Bohnen aus», sagte Elodia, während Ramón schrieb. «Bin gleich wieder da.»

Ramón packte sie am Handgelenk. Sie gehen nirgendwohin.

«Jetzt seien Sie nicht so.»

Lügen Sie mich nicht an. Was hat Ihnen meine Frau gesagt?

«Worüber?», fragte Elodia, die ihre Lügen so nervös machten, dass sie klatschnass geschwitzt war.

Der Schlüssel liegt da oben. Ich habe ihn gerade gehört.

«Das muss etwas anderes gewesen sein. Eine Tasche der Señora, die ich bewegt habe.»

Schwören Sie bei Gott, dass Sie ihn nicht gefunden haben.

«Schwören ist Sünde. Ich suche gleich weiter, aber lassen Sie mich die Bohnen ausmachen. Seien Sie nicht so garstig. Sie brennen mir an.»

Ramón ließ nicht locker.

Vergessen Sie nicht, was ich alles für Sie und Ihre Familie getan habe. Sie hintergehen mich. Ich flehe Sie an, hintergehen Sie mich jetzt nicht. Sehen Sie mich nur an, in welchem Zustand ich mich befinde.

«Wie sollte ich das vergessen? Ich bin Ihnen so dankbar, es ist nur …», sie weinte fast, «er ist nicht da, Señor, er ist nicht da.»

Sie hat bestimmt in der Schublade geschnüffelt. Sie ist nicht dumm. Sie weiß Bescheid.

Ramón änderte die Taktik. Als Zeichen des Flehens legte er die Handflächen zusammen. Er zeigte sich verletzlich.

Elodia begann zu weinen. Sie wischte sich die Tränen mit der Schürze ab.

Mitleiderregend zeigte Ramón wieder zum Kleiderschrank.

«Na, schauen wir mal», sagte Elodia, allem Anschein nach geschlagen.

Sie stieg wieder auf den Hocker und tastete das Brett erneut mit der Hand ab, die Augen tränenblind und voller Rotz, der ihr über die Lippen lief. An der Stelle, wo vorher der Schlüssel geklimpert hatte, hielt sie inne. Ramón wusste, dass er dort war, dass Elodias Finger in diesem Augenblick das Stückchen Metall berührten, alles, was er brauchte, um an die Pistole zu kommen und der Qual ein Ende zu setzen. Beeilen Sie sich, ächzte er, nehmen Sie ihn.

Elodia zog die offene Hand zurück, sie war leer; sie senkte den Arm, stieg vom Hocker und zitterte vor Scham. Sie weinte. Sie schaute ihm nicht in die Augen.

«Er ist nicht da … ich schwöre, dass er nicht da ist.»

25

Jedes Mal, wenn sie ihren Vater schlafend vorfand, den Kopf merkwürdig verdreht, erschrak Paulina zu Tode. Seit er Tag und Nacht an eine Beatmungsmaschine angeschlossen war, war es unmöglich, an seinem Atem festzustellen, ob er lebte oder tot war. Man musste auf dezentere Hinweise achten: das Beben der Lider im Traum, die rosige Farbe der Nägel, der Puls einer Arterie unter der Haut am Hals oder am Handgelenk. Auf diese Weise lernte die Tochter, ihren Vater so peinlich genau zu beobachten, dass sie sich in langweiligen Unterrichtsstunden nun damit beschäftigte, Details von Ramóns Gesicht oder seiner Hände zu zeichnen.

Eines Sonntagmorgens war Carmela ausgegangen, und Paulina ging zu ihrem Vater, der in seinem Bett schlief, eine geöffnete Dose Kekse auf dem Schoß. Sie näherte sich ihm behutsam, und anstatt wie sonst seine Vitalzeichen zu überprüfen, betrachtete sie die Kekse, bekam Appetit und führte langsam eine diebische Hand an die Dose.

Die Schokoladenkekse schmeckten nach Epazote. Es handelte sich bestimmt um irgendein Naturisten-Rezept. Trotz des merkwürdigen Beigeschmacks aß Paulina noch einen. Der schmeckte nicht so schlecht wie der erste. Es kribbelte angenehm auf der Zunge, eine Art Sprudeln, als hätte sie eine eisig kalte Limo getrunken.

Nach zwanzig Minuten wurde ihr schwindelig. Sie glaubte, die Übelkeit sei eine Strafe Gottes für den Diebstahl der Kekse. Ein stechendes Schuldgefühl breitete sich wie in Zeitlupe in ihr aus, und sie erwog, das Erbrechen der Sünde herbeizuführen. Sie dachte daran, Mateo zu holen, um sich in ihrem Elend nicht so allein zu fühlen, aber ihr Bruder hatte sich immer weiter in sich zurückgezogen, war inzwischen so von seinen elektronischen Anhängseln absorbiert worden, dass er sich in einen Zombie verwandelt hatte, den Paulina kaum noch erkannte. Oft hatte sie ihre Mutter gebeten, sie solle Mateo ermahnen, sich mehr um ihren Papa zu kümmern, aber Carmela nahm ihn in Schutz, indem sie an die emotionale Untauglichkeit der Männer erinnerte.

Von den Cannabinoiden durcheinandergebracht, ging sie ins Bad und wusch sich das Gesicht mit kaltem Wasser. Als sie sich im Spiegel ansah, bemerkte sie ihre geröteten und glänzenden Augen. Sie versank in der Betrachtung einer ihrer Pupillen, der braunen und nicht ganz perfekten Iris, der roten Blutgefäße im weißen Auge. Noch nie hatte sie dieses grauenhafte Organ so genau angeschaut. Danach überraschte sie die unerklärliche Tatsache, dass sie zwei Augen, aber nur eine einzige Nase hatte.

Sie sah sich ihre Nase an und lachte los. Was war so lustig? Sie wusste es nicht mehr. Vielleicht waren die Kekse schon abgelaufen, vergammelt, ich halluziniere. Sie schloss sich in ihrem Zimmer ein. Sie warf sich auf ihr Bett, und die Federn quietschten wie Ratten auf der Flucht. Sie fand es komisch, sich die durchs Zimmer rennenden Ratten vorzustellen. Sie lachte sich kaputt. Sie schaukelte mit dem Becken, um das Geräusch weiter zu verstärken, und mitgenommen vom Rhythmus der Ratten gab sie sich einem lasziven Schütteln hin, das am Ende teuflischen Zuckungen glich. Erschöpft hielt sie inne und musste erneut lachen. Noch nie hatte sie sich so amüsiert. Was war los mit ihr? Woran hatte sie gedacht? Sie konnte sich nicht erinnern, aber sie fühlte sich ausgezeichnet.

26

«Warst du in letzter Zeit mal in der *Cineteca*?», fragte Eduardo, kaum dass er sich auf die Couch gelegt hatte.

Diese Frage war so frivol wie überraschend, und sie lenkte Teresa von der Trauer um ihre verstorbene Freundin Lourdes ab, die sie im Behandlungsraum der Chemotherapie kennengelernt hatte und die nach vielen Jahren ohne Komplikationen vor sechs Monaten ein Rezidiv bekommen hatte. Niemand war dagegen gefeit, so viele Heidelbeeren, Zitronen und Granatäpfel man auch essen mochte.

Aber irgendetwas schien in Eduardo vorzugehen. Schon die einfache Tatsache, dass er seiner Analytikerin eine persönliche Frage gestellt hatte, markierte einen Bruch im Übertragungsvorgang. Das sollten sie nutzen.

«Früher bin ich oft hingegangen», sagte sie. «Ich mag Kino sehr.»

Eduardo setzte sich auf der Couch auf und drehte sich zu Teresa.

«Glaubst du, dass es dort annehmbar sauber für mich ist?»

Das Ziel war, eine Veränderung in der Psyche zu erreichen. Die grauen Moralisten bestanden darauf, dass sich Menschen nie änderten. Teresa akzeptierte, dass jeder einen unveränderlichen Kern besaß, eine Art Seele des Charakters, «Seele» im profanen, elementaren Sinne, so wie der Kern aus

Aluminium in einer Polyethylen-Hülle, aber sie glaubte an die Wandelbarkeit des Verhaltens, der Ideen und Gefühle. Die psychische Seele Eduardos war eine einzige, jenseits von Es, Ich und Über-Ich, dieser heiligen freudianischen Dreifaltigkeit. Freud selbst hatte den Weg vorgegeben: Das Ich sollte sein, wo das Es war. Unter den widerstreitenden Kontinenten der drei Instanzen einer Persönlichkeit lag ein stabiles Wesensfundament, unabhängig von den Umständen, frei von Mutationen; es spielte keine Rolle, welche Traumata, Lieben oder Lektüren die Verhaltensweisen veränderten, der Seelenkern blieb beharrlich bestehen. Die Psychoanalyse war ganz einfach die Suche nach dieser unumgänglichen Wahrheit. So wie die tragischen Helden, die Freud inspiriert hatten, so muss ein jeder sich selbst einmal begegnen, sich erkennen, die Anagnorisis muss gelingen. Dafür war es notwendig, an eine mentale Essenz zu glauben, und Teresa fand kein weniger abgegriffenes Wort dafür als «Seele».

«Willst du in die *Cineteca* gehen?»

«Ich weiß nicht», sagte Eduardo. «Ich war in keinem Kino mehr, seit ich Leukämie bekam. Zehn Jahre oder länger nicht. Meine Mama ist immer freitags mit mir hingegangen.»

Eduardo erwähnte seine Mutter fast nie, außer um irgendein ungesundes Verhalten von ihr anzuprangern. Es war wirklich eine wegweisende Therapiesitzung.

«Was willst du ansehen?»

«Einen syrischen Film, über den Emilia etwas auf Facebook gepostet hat. Sie sagt, dass es der schönste Film ist, den sie je gesehen hat, und dass sie ihn unbedingt noch einmal sehen will. Ich habe ihr eine *direct message* geschickt, dass es mir genauso geht. Nicht mal den Namen vom Film hatte ich bisher gehört. Sie antwortete ‹gehen wir›, mit drei Ausrufezeichen. Ich habe ihr gesagt, dass ich dieses Wochenende nicht in der Stadt bin. Wir sind für nächste Woche verblieben. Wenn ich nur daran denke … Und wenn sie erwartet, dass ich sie da küsse, auf diesen Sitzen, in dieser Luft, wie soll ich da atmen? Oder wenn sie Popcorn will. Es wird mich schrecklich ekeln, wenn sie mit den Händen isst. Wenn ich sie küsse, wird mich das schrecklich ekeln. Das weiß ich. Ich kann das nicht.»

«Wovor wirst du dich ekeln?»

«Vor … nicht vor ihr. Ich weiß nicht … Vor mir.»

Die Wahrheit war dort, hallte in den Worten wider, in denen sich Eduardo endlich mit einem klaren Spiegelbild seiner selbst konfrontierte. Er war verwirrt. Teresa wartete schweigend und dachte, dass genau dort der Schlüssel zur Heilung lag: Sich selbst im Spiegel zu sehen ist nötig, um das eigene Erscheinungsbild zu ändern, in diesem Falle das Ich, das psychische Selbstbild. Darum waren die klassischen Tragödien eine so wichtige Grundlage für Freud, es ging um die Erkenntnis, die den Helden mit seinem Schicksal verbindet. Teresa erinnerte sich an ihren Moment, den sie nicht auf einer Couch, sondern in einem Hotelbett erlebt hatte, neben ihrem Geliebten, als sie sagte, dass sie nicht gut sein wollte. In der gleichen Nacht hatte sie von ihrem Mann die Scheidung verlangt. Ein Stechen in der Brust erinnerte sie an die darauf folgende Depression, die gesellschaftliche Ächtung, den Krebs und die dummen Vorwürfe. Der Tumor war ihre Schuld und, im Sinne Wilhelm Reichs, eine Eiterbeule ihrer Seele. Wie hatte sie sich selbst gehasst, als sie diesen Scharlatan las. Wie viel Ekel hatte sie empfunden, genau wie Eduardo.

«Warum ekelst du dich vor dir?»

«Nein. Das heißt. Wegen allem, was ich mir in der *Cinete-*

ca einfangen kann. Die ist bestimmt noch schmutziger als ein normales Kino. Ich habe eine Studie über öffentliche Krankenhäuser in England gelesen. Man hat herausgefunden, dass es da dreißig Prozent mehr Bakterien pro Quadratmeter gibt als in den privaten Krankenhäusern, wobei die Bakterien in den privaten resistenter gegen Antibiotika sind. Das ist klar. Aber die Sache ist, dass die Sauberkeit sehr zu wünschen übrig lässt. Ich habe schon geschaut, ob der Film auch in einem anderen Kino kommt, aber nein. Nicht mal im Internet. Weil es der letzte Film ist, der in Syrien gedreht wurde. Der Krieg hatte schon angefangen. Sagen wir, er ist nicht besonders romantisch. Es geht um ein blindes Mädchen, das den Koran rezitiert. Die Rezitatoren des Koran sind anscheinend die Rockstars des Islam. Und dieses Mädchen hat wohl eine so wunderschöne Stimme, dass gemunkelt wird, dass Allah hingerissen ist von ihr und sie vor den Bomben beschützt, damit die ihre Rezitation nicht unterbrechen. Und weil die Leute das glauben, versammeln sich immer größere Massen, um sie während der Bombardierungen zu hören. Aber dann wird sie von Terroristen entführt, sie tun ihr furchtbare Dinge an und zwingen sie, in der Kaserne zu singen, blutüberströmt. Das habe ich im Trailer gesehen. Sich in so einem Film zu küssen wäre seltsam, oder? Aber keine Ahnung, vielleicht gefalle ich ihr gar nicht, und sie hat nur eingewilligt, weil sie den Film noch mal sehen will. Und wenn wir da rauskommen, werde ich über und über mit Milben bedeckt sein, die sonst woher kommen. Sie werden mich auffressen. Wenn ich den Sitz desinfizieren könnte, bevor sie in den Saal kommt. Aber wir würden uns sicher draußen treffen, oder? Sie müssten mich eine halbe Stunde vorher reinlassen. Aber um die Zeit läuft wahrscheinlich ein anderer Film.»

Der kritische Moment war vorbei, und Teresa hatte ihn nicht genutzt. Sie hätte Eduardo unterbrechen müssen, bevor er sich in seine Phobie flüchtete. Warum hatte sie nicht rechtzeitig interveniert? Was hatte sie so abgelenkt? Eduardo war, wie jener Mann, an dessen Seite sie glücklich zu sein geglaubt hatte, ein rationaler Automat, dessen Motor vom Blut eines ängstlichen Kindes angetrieben wurde, des Kindes, das er in sich trug, geknebelt. Es war nun der Zeitpunkt gekommen, an dem sie ihren Methoden untreu werden musste.

«Wie heißt der Film?», fragte sie.

«*In wie vielen Nächten besiegte ich den Mond?* Ich weiß, das ist ein wirklich kitschiger Titel, aber sie haben ihm in Cannes einen sehr wichtigen Preis verliehen.»

«Das klingt gut.»

«Ich kann das nicht. Er wäre schrecklich, wenn ich vor Emilia einen Anfall bekomme. Ich müsste einen Mundschutz dabeihaben, falls es mir da richtig schlechtgeht.» Eduardo bezog sich auf Episoden psychosomatischer Atemnot, die dank der Therapie bei Teresa nicht mehr vorkamen. «Und was dann? Ich müsste vorgeben, dass ich Asthma habe, was auch nicht wirklich attraktiv klingt. Außerdem habe ich gestern einen Zeitungsartikel über einen Waschbären mit Tollwut gelesen, der in ein Kino in Dallas eingedrungen ist und drei Leute gebissen hat. Einer von denen wollte sich nicht impfen lasse, weil er Mormone ist oder so was, und nach zwei Monaten ist er gestorben. Ich habe mir dann Videos von tollwütigen Tieren angeschaut und dann von Leuten mit dem Mund voller Schaum, halluzinierend, sie sind am Verdursten und haben Panik, Wasser zu trinken. Ich habe um fünf Uhr morgens noch am Computer gesessen. Nagetiere tragen wohl einen Virenstamm in sich, gegen den die Impfungen nicht wirken. Du stirbst qualvoll. Was ist das für ein Ding mit den Viren? Die leben nicht mal und bringen dich doch um. Wie können wir in einer solchen Welt existieren?»

«Warum gehst du nicht vorher in die *Cineteca* und guckst, wie du dich fühlst?»

Eduardo schüttelte den Kopf. «Zu großes Risiko.»

«Dass dich ein Waschbär beißt?», sagte sie, davon überzeugt, dass es an der Zeit war, die Übertragung mit Dynamit zu sabotieren.

Eduardo sah sie an, als würde der Virus bereits seine Wirkung im Gehirn entfalten.

«Meine Mutter bezahlt dich dafür, mich zu verstehen, nicht damit du dich wie sie über mich lustig machst.»

«Ich versuche, dich zu verstehen.»

Eduardo stand auf und faltete die Decke zusammen, mit der er die Couch abgedeckt hatte. Teresa hätte ihm in einem sadistischen Anfall sagen können: Die Keime machen dir Angst, weil du dich vor dir selbst ekelst. Die Fotos deiner kindlichen Kahlköpfigkeit ekeln dich, die von deiner leichenhaften Blässe und die deiner Mutter mit Handschuhen und Mundschutz. Dich ekelt dein Penis, der dir zum Trotz ejakuliert, während du schläfst. Du möchtest nicht, dass sie dich – wie deine Mutter – kastriert oder entleert. Weißt du, wie dieser tollwütige Waschbär heißt? Frag Emilia. Er sitzt zwischen ihren Beinen.

«Danke», sagte er sarkastisch, bereit zu gehen.

«Ich gehe mit dir in die *Cineteca*. Ich würde diesen Film gerne sehen.»

Eduardo sah sie mit der gleichen Ratlosigkeit an, mit der er seine Mutter ansah, wenn sie Freitagnacht angetrunken nach Hause kam.

«Ich lade dich ein», fügte Teresa hinzu.

Endlich erlebte Teresa mal wieder ganz ohne Marihuana-Nebel einen dieser unwahrscheinlichen Momente, die ihr Leben vor der Absurdität bewahrten.

Sie kauften Karten für die Fünf-Uhr-Vorstellung. Eine ganze Weile drehten sie Runden vor dem Saal. Dutzende von Zuschauern, die mit riesigen Getränken und Schachteln voller Popcorn beladen waren, gingen an ihnen vorbei. Eduardo schaute jede Minute auf die Uhr. Es war fünf Uhr. Ein Kino-Mitarbeiter näherte sich ihnen und fragte sie, ob sie den Film ansehen wollten. Teresa sagte, dass sie noch überlegten. Sie überlegten noch eine halbe Stunde. Aus der Ferne konnten sie den Gesang einer bezaubernden Stimme hören. Sie gingen, als es dunkel wurde.

27

Ernesto hatte die Beamten bestochen. Du willst also mein Haus, du Hurensohn, du Kain, Abschaum der herrschenden Klasse. Ramón hatte die Befriedigung gehabt, ihm ins Gesicht zu spucken, als er das letzte Mal gekommen war, um sein Haus einzufordern. Der Arzt hatte die Räumungsklage unterschrieben. Der Arzt und der Richter, das gleiche Pack. Denn Ernesto bezahlte Doktor Aldama die Hausbesuche. Carmela hatte es ihm gesagt. Dein Bruder hilft uns mit den Arztbesuchen. Wir kommen sonst nicht klar. Diese Schlange investiert dieses Geld, um sich unseren Besitz zu sichern. Aber Ramón würde Beschwerde einlegen. Er würde das Gerichtsverfahren auf Grundlage des vierten Artikels der Verfassung führen, Paragraph sieben, Recht auf Wohnraum, nimm das, Arschloch. Jenseits der Gesetze herrscht die Barbarei. Ich werde nicht zahlen. Das von Aldama gesendete Urteil ist nicht rechtens. Die Schuld verjährte, als wir von derselben Frau geboren wurden. Du holst mich hier nicht raus. Ich habe zehn Werktage, um vor Gericht Widerspruch einzulegen. Wie spät ist es? Ramón suchte zwischen den Medikamentenschachteln nach seiner Uhr. Sie war nicht an ihrem Platz. Ernesto hat sie mir geklaut. Carmela! Wo ist meine Uhr? Ich muss zum Gericht. Bis zum Urteilsspruch wird es lang genug dauern. Ein Jahr, bestenfalls. Wo habe ich meine Uhr hingelegt? Gib ihnen Bescheid, dass ich später komme. Ich habe mich hier verspätet. Ich bin schon unterwegs. Ich habe mich nicht so gut gefühlt. Wer bist du? Du scheiß Kuli, lass mich los. Fass mich nicht an. Wie viel hat er dir gezahlt? Scheiß Rechtsbüttel, wo ist der Haftbefehl? Lass mich runter, Idiot. Ruf Carmela. Sie soll Beschwerde einlegen.

«Beruhigen Sie sich», sagte Elodia zum ihm, «das ist mein Sohn Toño.»

Ich will den Haftbefehl sehen. Lass mich los, und ich bezahle dich. Ich habe Geld. Wie viel willst du?

Sie hatten Ramóns Bett im Arbeitszimmer aufgestellt. Toño verfrachtete ihn in den Rollstuhl und brachte ihn in den Garten.

«Begrüßen Sie Benito», sagte Elodia, «guten Tag, Benito, hier kommt der Anwalt und will dich begrüßen.»

Nehmt dieses Scheißding weg. Ich habe das Recht zu sprechen.

«Das ist Ihr Sauerstoff. Lassen Sie es da. Lassen Sie es.»

«Soll ich ihn nicht besser festbinden?», fragte Antonio.

«Er beruhigt sich gleich. Ich mag ihn nicht wie einen *Tamal* eingewickelt haben.»

Ich mag keine *Tamales*. Bringen Sie mir lieber einen roten Maiseintopf mit Sardinen. Was hättest du gerne? Ich lade dich ein.

«Schwuchtel!»

«Guck, jetzt hat er es schon vergessen», sagte Elodia zu ihrem Sohn. «Los jetzt, du kannst zur Arbeit gehen.»

Sie ließen Ramón, der vor sich hin dämmerte, im Garten. Im Schlaf zog sich Ramón die Sauerstoffmaske herunter. Benito weckte ihn.

«Scheißkerl!»

Carmela? Hilf mir.

Benito regte sich auf.

«Scheißkerl! Scheißkerl!»

Elodia kam heraus, um nachzusehen, was los war.

«Und was willst du jetzt, Benito? Hast du etwa …?»

Ramón wand sich in Krämpfen. Sie wusste, dass sie ihm bei einem Anfall den Inhalator bringen und ihm drei Sprühstöße verabreichen musste, damit er wieder Luft bekam. Die Sauerstoffmaske lag auf der Wiese. Ramóns Lungen waren voller Wasser. Sie entfernten es immer mit einer riesigen Spritze. Elodia musste hinaufrennen und die Medizin holen. Andernfalls würde der Anwalt ersticken. Sie kniete sich neben ihn. Sie hielt seine flatternden Hände fest.

«Scheißkerl! Scheißkerl! Scheißkerl!», schrie der Papagei.

Jede Nacht zündete Elodia eine Kerze für Ramóns Ruhe an.

«Herr, erleuchte mich.»

Ramón öffnete die Augen, durch einen Adrenalinstoß plötzlich wach.

Hilf mir.

«Vater unser, der du bist im Himmel …»

Ein Wirbel aus Licht, Stimmen, Benito betete das Vaterunser, Elodia schrie «Scheißkerl!», Carmela probierte die *Sopes de chorizo*.

«Dein Wille geschehe, im Himmel wie auf Erden …»

Das Herz schlug so stark, dass es wie eine Trommel im Bewusstsein widerhallte. Eine Welle aus Endorphinen rollte über ihn.

«Vergib mir, mein Gott.»

Elodia klammerte sich an Ramóns Hände, um den unverstellten Blick Gottes auszuhalten. Wie schwer war die Sünde, die sie beging? Sie hatte Angst. Sie musste dringend urinieren. Sie spannte die Bauchmuskeln an. Sie wusste, bevor sie die Señora anrufen würde, wenn alles vorbei war, bevor sie mit dem Handy die dreizehn Ziffern wählen würde, müsste sie ins Bad gehen. Sich auf die Toilette setzen, urinieren, die Sätze üben. Señora, hier ist Elodia. Der einzige Zeuge der Wahrheit wäre Benito.

«Scheißkerl!»

Sie würde Carmela erzählen, dass sie Benitos Schreie gehört habe, und als sie in den Garten gekommen sei, habe sie den Anwalt so vorgefunden, voller Frieden eingeschlafen. Sie würde einen Schluck Wasser trinken, bevor sie die Nummer der Señora wählte. Sie würde ihr weinend Bescheid sagen, lügend, sündigend.

Elodia murmelte ein Potpourri aus Gebeten, und Benito feierte Ramóns Leben.

«Lamm» – «Scheißkerl!» – «Gottes, der du trägst die Sünd der Welt» – «Scheißkerl!» – «Aber sprich nur ein Wort, so wird meine Seele gesund» – «Verarsch mich nicht, Scheißkerl!»

Ramón öffnete den Mund wie ein hungriges Vögelchen, das nach seiner Mutter verlangt.

FSC
www.fsc.org
MIX
Papier aus verantwortungsvollen Quellen
FSC® C083411

Das für dieses Buch verwendete Papier ist FSC®-zertifiziert.